寫作，是最好的自我投資

百萬粉絲公眾號操盤手，首創「注意力寫作」法，
教你寫出高質量文章，讓流量變現金！

陳立飛
（Spenser）
著

推薦序
我身邊開始寫作的人，目前沒有一個後悔

李柏鋒（INSIDE主編、財經部落客、線上課程講師）

過去十年，我在部落格的寫作不但讓工作自己找上門來，更讓自己可以逐漸累積資產，實現工作自由與財務自由。

很多人都覺得，寫作其實是講究天分的一個技能。如果寫小說，或許真是如此，但想靠寫作來獲得職場的影響力，其實是透過練習就做得到的。為什麼我這麼篤定？因為我親自幫過好幾位朋友。

我的幾位朋友過去空有專業，卻苦無影響力，不但收入少，想跳槽也沒機會。最近流行斜槓，我向這些朋友說，想改變自己的人生，先不要想太多，就把自己懂的寫下來，持續地寫，一定會有成果。果然，專業加上寫作，就像套公式一樣，能力被看見之後，機會就自動上門。機會一多，品牌也建立起來了，議價空間就大，收入快速成長。

可是寫作和不寫作，為什麼差異這麼大？

只要在公司徵聘過新人，一定知道要找到一個符合需求的人有多難，即使不想將就，可是來應徵的人不是看起來不行，就是用了才知道不行。在網路如此發達的現在，專業的人到底在哪裡，仍然存在著很大的資訊落差；而這樣的資訊落差，也就給了願意寫作的人巨大的機會。

不專業的人再會寫都沒用，但是專業的人只要會寫，就能獲得影響力，而且更棒的好消息是：大多數的人都不願意開始寫作，更做不到持續寫作。

我有一位朋友是中階主管，他的專業讓我相當敬佩，解決問題的能力也是一流。而我身為媒體的主編，必須發掘好作者，原本希望他能開始寫作，也很樂意幫他開一個專欄，但他總是不曾真的開始寫第一篇文章。

過了一段時間，我發掘了另一位作者，我的朋友卻說那位作者在專業上根本不夠強，而且曾是他的屬下。但我看到的卻是，朋友的專業還在原地踏步；而那位作者透過持續寫作，加上寫作帶來的更多機會，反而快速成長，專業能力與視野早就超過我的朋友了。

寫作不只能被看見，還能被徵詢意見。說到這點，我自己就有很深的感受。在投資上，我自己的交易經驗畢竟有限，遇到的問題可能就兩三個；但是持續寫著投資部落格，讀者們回饋給我的問題卻是兩三百個。你說，我的進步能不快速而明顯嗎？

股神巴菲特說，他這輩子最有價值的投資，就是去上了卡內基的課程，不但學會了怎麼與人溝通，甚至再也不怕公眾演講，如今他每年的股東會問答成為投資界的盛事。

Spenser的這本《寫作，是最好的自我投資》，我確信會是想要在職場上建立影響力的你，這輩子最有價值的投資，因為我已經花了好多年親自體驗過整個過程。好可惜沒能早十年看到這本書。

推薦序

如果不是寫作，我們不會相遇

歐陽立中（作家、教師）

Spenser，讀完了你的書稿，我握緊雙拳，流下激動的淚。我們同樣身為文字的手藝人，但你把我心頭說不出的，全盤托出了，如此真切而明快。

你說：「寫作，是這個時代最好的投資。」這是真的。

或許很多人最後一次寫作，是在大學聯考的那個冬天或夏天。事隔多年，他們彷彿還能聽到，自己在試場裡震耳欲聾的心跳聲，還能看到因為握筆過猛，而在手掌留下紅印子。當然也沒忘記成績單無情地宣告他們不適寫作的那一刻。從此，他們封筆，不再寫了。

他們以為，寫作靠的是江淹五彩筆，靠的是李白謫仙氣，靠的是李商隱駢文手。在過去，也許是，但在如今的時代，網路改變了寫作的遊戲規則。沒人告訴他們這個事實，讓他們誤以為寫作只是進入大學的入場券。不是的，寫作是打開任何機會之門的金鑰匙。

他們以為自己不會寫，也不能寫。但你告訴他們：你們會寫，也要寫！

他們說：「作文的起承轉合我不會、駢詞麗句我不行，你還騙我說我能寫。」

你壓抑內心的情緒，理了理思緒，娓娓道來。

你說寫作要有「用戶思維」，別只顧著自我感動，還要抬起頭，看看讀者眼角帶淚了沒。我看見他們一愣，顯然是初次聽聞。

你接著說，給讀者「一見傾心的標題」，因為「標題決定了打開率，內容決定了轉發率。」然後把兵器譜一開，裡面有「引發共鳴」的倚天劍、「製造懸念」的屠龍刀、「引起爭議」的流星錘、「顛覆認知」的楊家槍。他們的表情轉為震驚，因為過去考試，他們都在別人預設好的題目池塘裡泅游，沒想過一望遼闊的標題海洋。

你越說越興奮，手舞足蹈，把壓箱寶都拿出來，傳授他們「爆紅文」的套路，就是「亮觀點」、「說現象」、「做分析」、「下結論」。

寫作這檔事，孤芳自賞是一種選擇，但眾人爭睹也是。我們用文字種下這片繁花盛景，為了留與我們一起賞花望月、同情共感、細品人生。

＊

而正在讀著我這篇文章的你，知道嗎？英國首相邱吉爾曾說過：「你的成就有多大，取決於你能對多少人說話。」是的，會演說很吃香，能撼動人心、扭轉乾坤。但是，演說需要舞台，在沒沒無名時，要上哪去找舞台？別慌，往後看，有沒有看到一個舞台在等你？它不起眼，但會使你耀眼，那是寫作的舞台。

只是，你得先耐得住孤獨，扛得住誘惑，一字一字去寫、去拚，才能得到人生巨大的紅利。這點，Spenser和我都再清楚不過。

那年，我給自己訂下制約，每天寫一篇文發在臉書上。我什麼都寫：教學創意、演說技巧、桌遊應用、影評、書評。我不習慣正襟危坐在書桌前寫，因為那像在寫論文；我喜歡在每天長途通勤時寫作，用手機吭哧吭哧地敲出我生活的足跡。捷運到站，我按下傳送鍵，一篇文章也就這麼出來了。

一開始，沒什麼人看，我都懷疑自己是不是沒朋友。可寫著寫著，慢慢抓到訣竅，開始有人留言，有人感動，有人分享，我繼續賣力地寫。有時靈感來了，筆隨意走，還以為自己李白再世；但更多時候是腸枯思竭，連賈島都笑我比他還苦吟。

這天，一如往常的每日寫文，卻在我的生命發出轟然巨響。我寫紅了一篇文章，叫做〈為什麼要學習？飄移的起跑線〉。那是我在教荀子〈勸學〉時的課程活動，我把它發在臉書上，沒想到引起熱烈回應，高達三萬四千人按讚，破一萬六千次分享。

後來，教育夥伴在課堂操作這個活動，各大媒體轉引我的文章，出版社編輯找我寫書。於是，我的第一本個人著作誕生了，書名是《飄移的起跑線》。編輯告訴我，這本書上市一個月，就迎來三刷。

寫作，讓我等到時代的風口，贏得時間的紅利。

謝謝Spenser把這套武功祕笈公諸於世，謝謝寫作讓我們從此相遇。

有一個數字叫做「鄧巴數」，指的是一個人能夠維持緊密關係的人數上限，大約是一百五十人。聽起來很少，對吧？即使臉書可以讓你加五千個好友，但真正在我們生命裡悲歡離合的，不過就是那一百五十人。

但是，我從沒信過這個數字。

因為寫作，讓我們相遇；因為文字，讓我們走入彼此的心。

就像是此刻，你讀了我這篇文章，讀了Spenser的這本書，你明白我們的掏心掏肺，正如我們明白你的不甘如此。寫作，就是最美的相遇。

提起筆，讓我們繼續把這故事寫下去吧！

自序

沒有寫作，我可能要多奮鬥十年

寫作是我的工作，也是我的生活。

有一次和朋友散步，談到一個話題，就是我們有沒有一個長期堅持的習慣，並且覺得這個習慣挺有價值的？

其實很多人是沒有這樣一個習慣的。你可以思考一下，你有沒有？我想了想，我還真有這麼一個習慣，就是公眾號寫作。

我從二〇一四年九月來香港念書就開始在公眾號上寫作，到現在，正好四年。寫了三本書，包括這一本。

我想和你分享一下，這四年的寫作，到底帶給我哪些變化。

第一，寫作是利用碎片化時間的最好方式。

我其實沒有太多愛好，平常不工作的時候，鍛鍊一下身體，或者和有意思的人吃飯聊天；我也不怎麼旅遊（我是個挺宅的人），雖然我在香港和深圳工作，但從來沒去過澳門小賭怡情；香港的蘭桂坊，除了前兩年帶客戶轉轉，平時我也不去夜場。

人很容易陷入無聊，尤其是還沒有找到自己在這個世界上的使命的時候。而寫作，真正讓我擺脫了無聊。

一般寫作從靈感閃現、構思到成文，至少要花兩個小時，這幾乎是我們工作之餘的很大一段時間。而時間如此碎片化的我們，擁有整段時間思考一件事情、做一件事情，其實是很奢侈的。

你花兩個小時看電影、看綜藝、刷抖音，和花兩個小時寫一篇文章，結果是有本質上的區別的。前者是你在消費別人創造的產品，你是被接受、被餵養的姿態；而寫作，是你在創造一個屬於你自己的作品，你是創造者、供養者，寫作是思想和靈魂的綻放，與前者完全不一樣。

消費本身不會帶來高級的快樂，但創造可以。

人的生命是很有限的，每天的時間都不夠用。你想做一個被餵養者，還是活成一個創造者？

當我看到我寫的文字被記載在網路上，看到我出的書被擺放在機場書店和城市書店的架上時，突然覺得我給這個世界留下了屬於自己的作品。自己活了三十多歲，沒有白活。

第二，寫作讓我擺脫了膚淺。

世俗和低級，是兩個概念。我自認為是一個活得比較世俗的人，我永遠學不會香港中環金融男那一套精緻的著裝，也無法淡定地在一間高級的酒店吃光僅刀叉就有好幾套的晚餐。

我活得特別接地氣，聊天也會吐髒字，雖然沒有李笑來那麼直接，也沒有王朔那麼澎湃。

在生活方面，我活得並不算高級，我甚至刻意迴避這種高級感，因為我覺得那樣離大眾太遠，離民生太遠，離世俗太遠。

我一直相信，世俗的快樂，才是人性的快樂、真正的快樂。但人不可以活得低級。寫作會讓人擺脫膚淺。寫作不是吸收，而是創造。而創造，讓人走進內涵，走向思考，走向深刻和高級。

當你的腦子裡裝了要寫作的思維時，你看待事物就會變得更加敏感，甚至有不同的角度。你所看到的世界，透過寫作的樞紐，從點狀變成線狀再到網狀，構成了內心更完整的世界。你看到了別人看不到的新天地。

第三，寫作是這個時代最好的自我投資。

可以不誇張地說，我的事業，是寫作帶給我的。

新媒體寫作成就了一批之前沒沒無聞的人，帶來了個人商業上和影響力上的巨大價值。

我在香港研究所畢業後從事海外理財工作，第一個客戶，就是我的公眾號讀者。也是因為這些讀者客戶，讓我能在房價一平方米二三十萬港元的香港活下去，而且活得還不錯。

四年前，我從來沒想過自己會出書，會有百萬粉絲，會提前好多年過上自己想要的生活。現在，這些都變成了現實，而這些都是源於寫作。

我後來漸漸明白了，這波網路發展浪潮，尤其是社群網路革命，真正釋放了個人的能量和才華，使得這個時代成為成就個人品牌的時代。只要你有好的觀點、專業、內容，就有可能被全世界看到你的才華。

而寫作，就是打造個人品牌的最好方式之一。

你可能會問：我以前沒有寫作習慣，也很久沒寫作了，還可以學會寫作嗎？

我的回答是，當然可以。我也是在將近三十歲時，重新開始寫作的。如何有系統地學習寫作呢？

這本書裡，有答案。

寫作，是最好的自我投資

百萬粉絲公眾號操盤手，首創「注意力寫作」法，
教你寫出高質量文章，讓流量變現金！

目錄

第二章 坐下來，開始寫 39

第九章　人人都能寫出爆款文　221

・第一章・

會說的人很多，能寫的人太少

職場，或者說當代社會，最重要的能力是表達能力。因為在未來社會，最重要的資產，是影響力。影響力怎麼構成？有兩個能力：第一是寫作，第二是演講。

——「羅輯思維」主講者　羅振宇

這幾年，我爸經常和我說的話是：我已經看不懂你現在做的事情了，但是要記住，在外面違法的事情不能做呀。我經常哭笑不得：老爸，我做什麼違法的事了呀？我又不是在外面賣毒品。

從當年的海外資產配置，到如今的新媒體，無論我怎麼和我爸解釋，他永遠也搞不懂我的事業到底是怎麼回事？錢是怎麼掙的？怎麼就突然「一夜成名」？兩年前還擔心房子這麼貴，兒子怎麼買得起，什麼時候才能混出頭？怎麼這幾年突然就有錢了？迷惑的他搞不懂，只能和我說要好好做人。

其實我爸的困惑，我是理解的。我的爺爺大概能理解我爸做的事，因為在他們生活的時代，世界變化的速度沒有我們這一代人快。

新的技術就是那根無形的手指，給這個世界按下了快轉鍵，兩倍，四倍，八倍……我們的上一代人，真的不太容易理解我們這一代人的世界。

焦慮時代下的青年危機

兩代人之間的代溝並不可怕，因為這個世界終究不是他們的了。真正讓我感到震驚的是，我身邊一些從事傳統行業的朋友，年齡和我差不多，都是三十歲左右，還沒到中年吧，正值青年呢，正處於事業上的最佳年紀，但是，他們對於網路產業和新媒體的陌生感，簡直到了令人難以置信的地步，我和他們解釋什麼是新經濟、新零售、知識付費、個人IP（知識產權）等，他們經常聽得一臉茫然。

一線城市稍微好些，愈往二三四線城市，人們對於新興行業的陌生程度愈高。

我突然覺得，很多人還沒到中年危機呢，就已經陷入青年危機的泥潭。

我說的青年危機，不是指買不起房的財務收入危機，也不是指職場無法快速晉升的職業生涯規劃危機，而是思維層面上更宏觀的危機。說得再具體點，我們經常評價一些人生活很粗糙，沒有品質，對於美沒有感覺；而青年危機，就是指思想粗糙且遲鈍。處於青年危機中的人對於時代的變化反應遲鈍，對於新行業、新技術不敏感。他們全憑以往有限且落後的經驗過現在的生活，並天真地以為未來的樣子也和現在一樣。

舉個例子，北大的薛兆豐老師在「得到」平台上的課程賣了二十多萬份，一份一九九元，銷售額超過五千萬元，除去「得到」的分潤以及蘋果公司的抽成和扣稅，能賺一千多萬元。一個大學老師，一年一千多萬人民幣，你能理解嗎？北大老師再厲害，薪水也不會超過百萬元吧。

這還只是商業變現價值，還不算薛兆豐老師因這些課程而產生的巨大的個人影響力，那是更大的無形價值。

如果你知道別人是靠什麼方式賺這麼多錢的，自己由於眼光不行而錯過了，那我只能表示遺憾，祝你下次趕上好機會。但是，你看到他們賺了那麼多錢，然後一臉茫然，嚥一大口口水，心裡嘀咕一句：這是怎麼做到的？我就只能表示無奈了。

這種感覺，就像很多人看到比特幣漲了幾百倍，卻看不懂背後的邏輯，也不知道比特幣為什麼被政府禁止。自己彷彿像站在岸邊的一個傻瓜，看著前方的硝煙戰火，卻看不懂到底為什麼在打，不知道自己應該加入戰鬥，還是應該撒腿就跑。

這種時候，你是否感覺很焦慮，很抓狂？

現在網上有些三流寫手，抱怨現在這個時代的人充滿焦慮，愈來愈喪失自己內在的平靜，然後矯情地羨慕以前車馬很慢、一生只能愛一個人的靜謐生活。

這是極其愚昧、矯情、蒼白、無力的控訴。因為歷史是不可逆的，一個時代的變遷，一項技術的產生，從來都有自己的方向，不會以人的意志為轉移或有所妥協。核能運用、複製技術，以及現在很熱的人工智慧，都在巨大的爭議聲中大步向前。任何想要以一己之力抵抗時代巨輪的人，都會被無情碾壓。最後，那些選擇不去阻擋，而是跳上技術列車駛向新時代的人，他們會存活下來，而且活得還不錯。

那麼，為什麼大城市的年輕人明明擁有更前端的資訊和更多的資源，卻比二三四線小城的年輕人更焦慮？

因為焦慮的本質是知道自己不知道，想要改變。而很多人是不知道自己不知道，這才是最可怕的。

焦慮是好事。

如果你感到焦慮，一來說明你感知到這個時代的變化，你開始認識到，自己的知識儲備和認知水準不夠去理解這個世界，至少你知道自己的匱乏。二來說明你希望改變現狀，如果你覺得現在的日子很好，外面的世界與你無關，你就不需要焦慮了。正是因為你希望成為更好的自己，才會焦慮。

因此你會發現，愈是一線城市的人，焦慮感、危機感愈強。有人說這是大城市的問題，不，這恰恰是大城市的福利，讓我們的思考更敏銳，走路的速度更快，效率更高，也有更多的機會成為更厲害的人。

那麼，重點來了，怎麼做？

第一，深刻認識到：永遠沒有彼岸，只有在路上。我們要明白，在這個世界，終身學習不是一句用來作秀和曬優越的口號。在新技術、新商業不斷更迭，而且迭代速度愈來愈快的今天，你要花時間、花錢去投資自己，這樣才能與時俱進。不停止思考，才是避免思想上患老年癡呆的良方。

第二，對於普通人來說，沒有家庭背景，沒有人脈關係，沒有美貌和身材，唯一有提升空間的，就是自己的心智和思維。改變命運之前，先改變對世界和自己的看法。擁抱新技術，就是擁抱新時代。

第三，寫作。是的，相信我，寫作可以改變一切。

畢業兩年，我靠寫作年入千萬

二〇一四年夏天，我辭去幹了四年的體制內工作，一個人來到香港當研究生。也是來香港後，開了自己的公眾號，用文字記錄我的學習、生活、工作。每週寫一到兩篇，更新不勤，純屬愛好。讀者不多，寫了一年，只有一萬多讀者訂閱。

二〇一五年秋天畢業後，我也面臨找工作的問題。家人特別希望我回去繼續從事那份朝九晚五的工作，他們說，你在外面也浪了一年了，可以回來過安穩日子了吧。我心想，既然出來了，就沒打算回去。就算回去，也要先在香港這座城市混出個名堂，衣錦還鄉。我是獅子座的，要面子的好嗎。

我畢業那年，海外資產配置特別熱門，中國好些高淨值客戶都在投資海外的金融理財產品。可能是枝江人的商業嗅覺，我覺得這是一門好生意，於是從事了這份工作。我在公眾號上寫了一些關於資產配置的專業理財普及文章，意想不到的事情發生了：文章發布後，後台收到全國各地很多讀者朋友的諮詢，說我的文章寫得很專業，他們也有這種海外資產配置的理財需求，問我該怎麼買、能不能在我這買。

就這樣，我在沒有任何人脈、任何管道、任何資金投入的情況下，短時間內迅速累積了很多客戶和管道資源，事業很快地做了起來。我和家人說，如果畢業後第一年能掙五十萬港元，我就繼續留在香港，掙不到我就回來。

結果工作的第五個月，我就提前掙到了人生的第一個一百萬元。家人對我的擔心不再是我能不能混出名堂，而是提醒我錢是掙不完的，要注意身體。

所以毫不誇張地說，我的事業、我的第一桶金，是寫作帶來的。

如今的我，經常往返於北上深港等城市，擁有兩家公司。我的公眾號「Spenser」營運三年來，目前累積了近百萬的訂閱用戶，是職場成長類的指標。我寫出過千萬級閱讀量的爆款文[1]，比如〈沒事別想不開去創業公司〉，比如〈你和頭等艙的距離，差的不只是錢〉。

除了自己寫作，我還開設了四次寫作課程，擁有近十萬名學員。我的寫作課程推廣被稱為網路知識付費的現象級事件。很多學員在學習完我的寫作課之後，都有意識地透過寫作建立自己的個人品牌，實現了商業價值和職場上的快速提升。

如果沒去嘗試，我不會想到寫文章能帶來這樣的商業價值。

二〇一七年在上海，智聯招聘邀請我和選秀節目《奇葩說》團隊參加活動。現場有人問馬薇薇：「為什麼你們會突然獲得這樣的成功？」馬薇薇機靈地回答：「感謝黨的政策。」是的，我們要感謝這個時代，是這個時代給了我們機會。

浸淫網路新媒體的這幾年，我每天都在更加深刻地感受著這句話：會表達的人，是這個時代最大的紅利收穫者。我是靠新媒體寫作讓自己在職涯和人生的道路上實現了彎

1 「爆款」原本意指在網路上銷售量很高的人氣商品，「爆款文」在此指高人氣、高點閱率的文章。

道超車，我在網際網路的第一線，深刻體驗著寫作的巨大能量，沒有體驗過的人，真的不會理解。不會寫作的人可能完全沒有意識到，自己錯過了多少成就自我的機會。

不會寫作的你，正在失去職場競爭力

有一次我和果殼網的聯合創始人聊些職場話題，她說，「在行」平台上的行家，隨便拎出一個來都頭銜閃亮，不是世界五百大公司的高階主管，就是創業公司的「某某長」。我說，厲害是厲害，但可惜在知識付費的這波風口，這些傳統的優秀人才不會成為最大贏家。原因很簡單，在網路時代的職場，所謂頭銜的光環已經愈來愈暗淡。第一，他們沒有打造出專屬於自己的平台來累積價值；第二，他們沒有持續輸出有價值的內容載體，無法與用戶產生深度連結。

這裡的平台，就是以微信公眾號為代表的自媒體平台；載體，就是最常用的表達方式——寫作。

反觀有些人，資質、背景都和優秀人才相距甚遠，但是因為在自媒體平台上不斷地寫作，輸出觀點、態度，逐步累積不少忠實讀者，有的甚至還實現了商業價值，促成個人品牌的崛起。

所以，這個年代，一個人能否成功實現逆襲，獲得影響力和商業價值，在我看來，都繞不開這個關鍵詞——寫作。

這年頭，會說的人很多，能寫的人太少。而在網路時代，寫作表達已經躍升成為每個職場人的「基礎技能」，甚至「核心技能」。不會寫作的人，正在失去職場競爭力，無法衝破上升的天花板。

不會寫作的人，也許正在失去職場身分

我們在職場的身分，往往依賴所就職的公司或平台，比如你在麥肯錫，你在高盛，你在阿里巴巴，你在騰訊。在過去，人們往往透過你所在的公司來給你做身分背書和能力背書，但現在不一樣了。

我們現在就職於一間公司的時間愈來愈短，流動率愈來愈高，這是職場的現狀。而寫作就是不斷地讓別人認知到你的職場身分、職場態度、職場專業技能。很多人離開一間公司或平台後，其職場身分是模糊的，對自己未來的職涯方向也感到迷茫，因為別人看不到他的存在，當然也就看不到他的價值，這很遺憾。

但是，如果你會寫作，就能累積你的職場身分。

不會寫作的人，也許正在被職場邊緣化

大家知道，職場社交是獲取人脈、建立職場資源很重要的一種方式。但是，什麼能成為你的社交貨幣？什麼能成為你的價值背書？什麼能成為你與別人的連結樞紐？是你的頭銜、你的公司嗎？肯定不是，這些沒有可具傳播和發揚的價值點。這也是為什麼領英（LinkedIn）在中國也想做職場社交，但就是做不起來。而寫作是微信公眾號時代最有用的社交貨幣，是你與別人建立連結的價值樞紐。

遺憾的是，很多職場人之所以無法建立更高層次的人脈，缺乏結識優秀人才的機會，正是由於沒有專屬於自己的社交貨幣。

不會寫作的人，也許正在失去職場話語權

在我看來，如今職場有兩個網路般的特點：「流量為王」和「認知為王」。這兩個特點構成了一個人在職場上的個人品牌和話語權，也就是你在職場上的籌碼。在某種程度上，這兩個特點是超過專業性的。因為專業可以被替代，只有流量和認知永遠跟著這個人，不會被取代。而寫作就是建立專屬於自己的流量池和建構話語權最好的方式。

所以，很多人哪怕混到了中層，即使收入不錯，內心也是不安的，因為他可能還沒有建構好真正屬於自己的職場話語權。

混得不好，因為知道你的人太少

我在和讀者交流的時候，發現大多數人在職場上的困惑，無非就這麼幾點：

- **錢賺得不夠多**：薪水太低，買房太貴，買車太貴，買包太貴，簡單來說，理想很豐滿，現實很骨感。
- **職場地位不穩**：沒有行業江湖地位，隨時都有可能被炒掉、被調動，跳槽也跳不出一個好身價。
- **才華無人賞識**：能力很強，業務很罩，覺得上司或者老闆很蠢，自己的價值一直被低估，儘管是千里馬，但是找不到伯樂。
- **社交圈子不高級**：工作場合的圈子有限，沒有機會擴展社交圈，或者沒有途徑進入更強的圈子。

這四個問題，基本可以涵蓋百分之九十以上的職場問題。但其實這四個問題本質上是同一個問題：**職場影響力不夠**。

我認為，在沒有資金、沒有資源、沒有人脈的情況下，寫作，是提高職場影響力成本最低、效果最好的方式，沒有之一。

寫作，是最好的職場社交貨幣

有人說我當年在香港之所以能賺到第一桶金，是因為踩上了資金出海的風口。

這話沒錯，但反過來想，為什麼同樣做這個行業，沒有任何背景的我，第一年就能做得比我的同事好很多？

原因其實很簡單。如果你是做銷售的，每天見客戶，一年頂多也就見幾千人；但是如果你寫作，可能當天晚上就有幾千人閱讀，你一晚的曝光量，抵得上別人一年的辛苦，完全不是同一個量級的競爭，這不是分分秒秒碾壓同行嗎？

所以重點來了，其實很多人在職場上混不好，並不是因為專業能力不強，或者不夠努力，而是——知道你的人太少了。你很厲害，但是別人看不到你的厲害，這就悲催了，是不是？

我後來才意識到，我表面上是在寫作，其實本質上是在經營網路時代全新的社交方式。別看我的公眾號現在有八十萬訂閱用戶，但二〇一五年在香港事業起步的時候，公眾號訂閱用戶真的只有一萬人而已。微信的廣告語說，再小的個體，也有自己的品牌。問問你自己，在這個蓬勃發展的網路社交時代、社交成本如此之低的美好時代，你用心經營你的人脈和個人品牌了嗎？

不會寫作的人，可能要在職場上多奮鬥幾年

我有一個讀者，是我的寫作課第二期學員，在一家顧問公司做分析師。他有一次和我說，尚未開始寫作的時候，在工作上特別缺乏安全感，想跳槽吧，別人又不知道他，跳不出一個好身價。開始寫作後，他把自己對於行業的一些理解都寫出來，慢慢在業內有了些名氣，好幾家同業公司的人力資源部門都來找他，希望挖他過去，而現在公司的主管也對他特別好。以前他沒安全感，現在輪到他的主管沒安全感了。「可以由自己掌控命運的感覺，真好。」他說。

未來的職場上，可能會出現兩派人。一派是會寫作的人。這些人會利用網路的技術資源優勢，迅速為自己的職場和個人品牌賦能，他們的收入、人脈、影響力，都會呈指數級增長。

而另一派是不會寫作的人。雖然他們也很努力，但如果還沒有找到在網路平台上表達自己的方式，仍然按照傳統的路程精進自己，在職場上的成長可能會是相對緩慢的、線性的。他們其實錯過了網路時代給每個人的最大紅利，很可惜。

薪水代表過去，品牌才代表未來

大多數人都遠遠低估了這幾年的網路技術革命帶給每一個普通人的崛起機會。

我做實體分享會的時候，經常有一些讀者跟我說，他們很焦慮，工作了三五年，眼見自己到了三十幾歲該成家立業的年紀，對未來還是感到一片迷茫。認為工作沒什麼前途，卻又不知道自己還能做什麼；賺得不多，卻也不敢輕易辭職，跳槽也不能保證跳個高價。還有些人稍微好一點，工作還行，收入也算小中產，但是總覺得到了瓶頸期，很難再上一個台階；自覺還可以做更多，卻不知道從哪裡下手。

我特別理解他們，因為他們經歷的，我以前也都經歷過。

我認為，如果一個人在三十歲之後還是只有薪水收入，那麼他的職涯規劃可以說是失敗的。

我不斷呼籲建立個人品牌的重要性，就是因為在當今時代，薪水是不值錢的，品牌才是最有價值的。而很多人只是埋頭工作，用所謂的勤奮姿態來麻痺、感動自己，卻絲毫不去考慮更長遠的發展。在當今時代，沒有建立個人品牌的人，職場發展空間可能會愈來愈小，而風險卻可能愈來愈高。因為薪水只代表你的過去，品牌才代表你的未來。

你一定發現，這兩年，一幫能說會寫的職場人突然崛起了。他們有些是靠著新媒體寫作實現了商業價值，一篇廣告就能抵普通職場人一年的薪水；有些是透過寫作讓自己的才華外露，為自己帶來巨大的品牌價值，從而實現了職業生涯的迅速躍遷。

對他們而言，月入十萬元是正常的，月入百萬元也不怎麼稀奇。而且最關鍵的是，他們不怕失業，因為他們靠寫作帶來的品牌影響力，已經讓他們成為人才市場上被爭先搶奪的對象，甚至很多人藉此創業或實現了職業自由。

我打賭，他們一定不是自己行業領域內最專業的，但他們怎麼就成了這波網路紅利的最大受益者呢？

拿我自己來舉例，當初我進行公眾號寫作，只是想在世俗的金融工作之餘，作為一名偽文藝男青年，保留和堅守自己一片乾淨純粹的精神世界。我當時做夢也不會想到，新媒體寫作帶給我的商業價值，會在未來某一天遠遠超過我本來也不低的本行收入。而比商業價值更有意義的是，寫作讓我接觸到了更高級的社交圈子，也為我帶來了完全不同的個人品牌影響力。

當我再度回想時，我才恍然大悟，原來這是網路給每個人的巨大紅利和風口。而這個網路紅利，就是以最低的成本、最高的效率，去連結你和陌生人，連結你和這個世界。

這個時代，你能連結多少人，決定了你能值多少錢。

用寫作，在風口上努力

朋友問我，現在的日子，帶給你最大的變化是什麼？

我想了想便說：「是更自由吧。」比如除了買房，現在買東西的時候，可以更在乎自己是否喜歡，而不用在意價格；比如可以對很多事情更有骨氣地拒絕，說「不」，有自信做自己喜歡的事情；比如可以用錢購買別人的時間，解放自己的時間，雖然現在更忙碌，但是很充實。

瀟灑姐王瀟曾跟我說過這麼一句話：按照自己的意願過這一生。我開始嘗試掌控人生，這種感覺，挺好的。

「現在焦慮嗎？」朋友問。

「也挺焦慮的，只不過和以前的焦慮不太一樣。」以前想要得到，如今害怕失去。

一直關注我的讀者，基本上都是一路看著我成長為現在的樣子，知道我所有的付出。他們經常調侃我是一碗行走的勵志雞湯，給自己打雞血[2]不說，還天天用文字「虐」他們。說我活得簡直成傳奇了，人家是線性增長，我這路徑簡直是指數級增長。

我心裡明白，一個人的未來如何，努力本身最多只占百分之五十，在我眼裡，努力和辛苦是廉價的。在一線城市的辦公大樓裡，誰不加班？誰不努力？誰不辛苦？關鍵在於你的選擇，有沒有活在趨勢裡，有沒有在正確的賽道上，有沒有在風口上努力。而這幾年，中國真的給年輕人的發展留了一扇機會的窗口，因為網路。

很多人說，現在階級愈來愈僵化，普通人的上升管道愈來愈小。

我對這種說法不太苟同，其實愈是健全成熟的社會，階級僵化愈嚴重。我在香港的這幾年，看到香港年輕人的發展機會，其實遠沒有中國年輕人的機會多。一是香港年輕人買不起房，二是由於香港的很多行業大都停留在傳統模式，沒有太多新機會提供給他們。香港保險業的繁榮也僅在這幾年興起，而且大部分是靠中國市場才帶來了春天。香港的階級僵化特別嚴重，但香港的社會結構很成熟。

再看美國、看歐洲，都是一樣。我在美國的朋友說，他當年踏上美國土地的時候很興奮，現在反而有點後悔了，糾結著要不要殺回中國創業。「美國太無聊了，就是個大農村，我們家樓下的餐廳，上個月開始都可以刷支付寶付款了。好羨慕你們，任何行業都有大把的機會。」

經濟學家許小年說：現在遍地都是投資機會。

二〇一七年在北京的一座四合院裡，李笑來老師和我們分享他做個人品牌成長的心得時，說了這麼一句話，擲地有聲：「你要相信，就在未來這幾年，個人品牌價值的成長率至少是房價漲幅的十倍。」

2「打雞血」衍伸自流行語「雞湯」，雞湯泛指讓人感到暖心、充滿正能量的文章，「雞血」則更進一步，意指讓人激勵亢奮，能振奮人心的文章。

我相信了，我自己也是這麼過來的。在過去的半年裡，我個人公眾號的廣告市場價格漲了五倍，現在基本上隔一兩個月就要上調一次報價。

很多品牌方說，如果當時能一口氣買你的十篇文章就好了，賺到了；現在眼看著你愈來愈貴，快愛不起了。感謝讀者們的信任與厚愛，二〇一七年我第一次開辦寫作課，成了一次有影響力的事件，很多人說，你半個月賺了傳統教師十年的收入。

二〇一六年年初的時候，當我談起李笑來老師、吳曉波老師，都是仰望大神的姿態。後來有機會和他們同台分享，私下交流，前後也就一年多時間而已，和做夢一樣。

這就是一個時代的機會，是網路賦予每一個普通人的能量。但是我也深刻知道，所有開局不錯的人，都必須要跑得更快。網路產業的特點就是，不增長，就會「死」。

所以，如今我每天都告訴自己：做個對生活知足的人吧，只有知足，才能幸福；做個對事業貪婪的人吧，唯有貪婪，才能生存。

·第二章·

坐下來，開始寫

寫作的藝術，就是把褲子放進椅子的藝術。

——詩人　羅伯特．佛羅斯特

擔心自己沒什麼東西可寫。
擔心自己無法堅持。
擔心自己的思想太空洞被別人笑話。
擔心寫出來的東西被人認為沒有價值。
擔心寫出來的文章沒有人看。
擔心投入時間卻得不到回報。
擔心……

相信我，所有這些擔心都是正常的。但是，兩年前的我，如果還沒開始寫就被這些困難嚇跑，肯定不會有今天的一切。正在看這本書的你，如果不盡快拿起筆、寫下去，就永遠無法體會寫作的魔力。

每個人都有成為作家的潛質……

在我剛開始寫作時，既沒什麼文學夢想，也沒想過要靠搖筆桿子吃飯，只是在有了一些生活閱歷和思考後，把寫作當成工作之餘和自己、和世界對話的一種方式。

後來，寫作徹底改變了我的生活。但這一切所有，是最初的我無法預見的。我身邊有不少朋友，在全職做自媒體前，經常是加班到很晚才回家，還犧牲掉本來就少得可憐的睡眠時間，在那樂此不疲地寫。沒有收入，一開始甚至也沒幾個人閱讀，只是業餘愛好，因為想寫，所以就寫了。

有人說，寫作太難了，每次點開空白文檔，腦子裡就亂成一團。我認為，這多半是因為你對於用書寫這種方式表達自己還不太習慣。試想一下，如果此刻有個陌生人坐在你對面，你需要用兩三分鐘做個自我介紹，或設法跟他攀談，你還會覺得很難，無話可講嗎？

不以成為職業作家為目標的話，寫作其實沒那麼難。某種程度上，它就跟我們平時說話、唱歌一樣，只是一種溝通交流的手段，源自我們與生俱來的表達欲望。

我相信，寫作是潛藏在每個人天性中的東西。因為人類是社會動物，我們從出生起就在用各種方式表達自己，向世界宣示我們的情感、欲望。當一個人具備基本的讀寫能力，日常交流沒有問題，他就有了重要的寫作基礎。而寫作能力的培養，與說話、唱歌一樣，需要不斷練習，刻意練習，先做到流暢、自然，再往上升檔。

理解了寫作的本質，你就能明白，其實每個人都有成為作家的潛質。你對現在寫的文章不滿意，只不過是因為寫得太少，還沒掌握相關技巧，無法熟練駕馭，又有點心急。想想我們小時候，從牙牙學語到結結巴巴複述一個完整的故事，從歪歪扭扭學寫國字，到四十分鐘寫出一篇還過得去的作文，怎麼也得花幾年時間吧？如果你以前除了大考作文、工作簡報之外，不怎麼看書，也從不記日記或寫長文，又怎能指望頃刻間才思泉湧、下筆如有神呢？

所以要對自己多一點耐心，相信勤能補拙、慢工出細活。

除了心急，一提筆就想跟寫作高手比，初學者的另一大障礙，就在於對「天才」的理解。

當你開始寫作，大概沒什麼比聽到「天賦很重要」這句話更令人沮喪的了。尤其當你聽說別人寫文章行雲流水、一氣呵成，反觀自己抓耳撓腮、半天憋不出來，就很容易給自己扣上「天賦不夠」的帽子，因為「天才學不來」。

不得不承認，世上的確有那種才華爆棚、為寫作而生的大神，普通人只有高山仰止的份。問題在於，沒有人能只靠天賦或靈感寫作一輩子。再天才的作家，要經年累月保持高品質輸出，把創作熱情維持在一個高水準，除了神秘的直覺，其寫作一定有規律、技巧可循。我們普通人若能學到一二，哪怕無法達到同樣的高度，至少能少走很多彎路。

比起把天賦歸結為「老天爺賞飯吃」，我更願意相信，每個人都有自己的天賦，它們與生俱來，刻在基因裡，潛藏在身體或意識深處，我們需要做的，是不斷發掘、努力啟動它們，讓天賦盡可能釋放出來。

誠如美國作家桃樂西亞・白朗黛所言：「沒有哪個人的天賦是如此貧瘠而不具備一點天才的稟賦，也沒有人如此偉大，能夠將其天才發揮到極致。」所謂的「天才」，正是那些能夠比普通人釋放更多的天賦，並在他們的生命及藝術創作中加以運用的人。

套用一句勵志的說法：以多數人努力的程度，還輪不到拚天賦。如果放過自己，天賦只會永遠沉睡在我們身體裡。

我記得，當初有段時間我的寫作狀態比較低迷，一位成名已久的老師對我說：「寫作的捷徑和練習武功一樣，只能夏練三伏，冬練三九，秘訣只有三個字：一直寫。」

我想，今天我做到了。

人的天賦或許有差異，機遇也很重要，可是沒有勤奮與積累當地基，機遇擺在眼前你也拿不到。你諷刺商人王健林只把一個億當小目標，可等你也做到每天凌晨五點起床堅持數十年的時候，你會發現：他的財富和他的勤奮度相比，真的不算多。

所以說到底，還是勤奮的人笑傲天下。

寫作是最划算的一筆時間投資

可惜有的人沒能理解寫作的本質，還沒聽清內心的聲音，就被一些外在的光環吸引。沒寫幾個字，便患得患失，比如擔心公眾號的紅利早就過去了，現在才開始寫，沒什麼價值。

這種話我二〇一五年就開始聽，一直聽到現在。

我有個朋友，二〇一七年二月才開始寫，一年後公眾號訂閱量已超過二十萬。被唱衰很久的公眾號打開率[3]，在一些優質的原創號那裡其實一直保持穩定。即便到了二〇一八年，很多知名企業或指標性的自媒體也還在高薪招聘優秀的內容編輯。所以你要明白，好內容永遠不會過時。種一棵樹最好的時候，一個是過去，一個是現在。

有些人一開始並不是沒有東西可寫，只是老想著：我要寫出很好的文章，我要寫出閱讀量十萬以上的文章。有目標當然非常好，但目標設置要合理。比如先嘗試持續寫作，輸出內容，然後才把閱讀量寫到一千、兩千、五千、一萬……一步一步來，慢慢做到「十萬以上」。

不管是網路寫作，還是傳統寫作，我比較認同的一句話是：寫作本身就是對寫作者最好的回饋。如果你真的熱愛寫作，熱愛和自己深度對話的感覺，你會發現自己根本停不下來。

可以說，開始寫作，是我人生中最划算的一筆時間投資。這兩年堅持寫作，整體來說帶給我三方面的升級。

對世界更敏感

自從我開始寫作並保持持續更新後，我開始刻意訓練自己對生活的敏感度。

因為需要寫作素材，在和別人聊天時，如果聽到一句特別有道理的話，我會脫口而出：「等一下，這句話說得好，這是個特別好的標題，我要記下來。」搞得別人特別無言。這幾乎是所有自媒體人的共同特點。我和其他做自媒體的人聊天，他們也經常這樣。

靈感來自對生活的敏感。有時一句金句、一個故事，就能觸發內心一連串的反應，把散亂的素材、思緒黏合起來。寫作讓我保持敏感，也養成了隨時隨地記錄的習慣。

思考更縝密

如果一個人說話沒有邏輯，別人與他溝通會很費勁；如果一篇文章邏輯混亂，我們根本沒耐心把它讀完。

不管文章風格是文藝還是務實，都需要邏輯。邏輯關係到文章的結構，就像蓋房子的鋼筋水泥，我們常說的豆腐渣工程，就是因為這一塊沒做好。

寫作的過程講究邏輯的層層遞進，這離不開對自我的清晰理解。一個沒有邏輯的人很難構架一篇長文章，堅持寫作，讓我的邏輯思考能力有了很大提升。

3「公眾號打開率」是指在文章推送到的訂閱戶中，主動點擊閱讀的人數，通常比點閱數來的低。

認知更深刻

寫作需要對生活有深度認知，既然要做出有價值的表達，就要逼迫自己對一件司空見慣的事物產生更加獨特、更加深刻的思考。這樣寫文章時才能凸顯你與眾不同的價值，也就是所謂的洞見，英文叫insight。

我寫過一篇上千萬閱讀量的爆文〈你和頭等艙的距離，差的不只是錢〉，當時是一個簡簡單單的生活情景：我的收入比以前好了很多，但還是選擇坐經濟艙。一般人想想也就過去了，或許不會在意，但我要寫文章啊，就逼自己更加深入地思考，為什麼會有這樣的習慣？明明有錢，卻還要坐經濟艙，這到底反映出什麼樣的心理？想好了還要一鼓作氣，一氣呵成。

本質上說，寫作是一項思考的刻意訓練。寫作能力就是思考能力，一個寫作能力強的人，觀察、思考、解決問題的能力，通常都不會差。

因此我認為，寫作對每一個人都很有必要，而不應該只是一小部分人的愛好。即使寫不出名留青史的偉大作品，透過寫作提升自己辨識問題的深度，結交到志同道合的朋友，累積下今後做自由業或創業的人脈及資本，也是很多普通人都能做到的。

寫作訓練，是反人性的

很多年前我當英文老師的時候，發現了一個普遍的真理，那就是：讓學生學習一樣東西最好的方式，就是讓學生當老師。如果你要將今天學的內容在第二天教給別人，那這些內容你一定學得特別好，特別扎實。

因為只有輸出，才是最好的輸入。

很多人說我的新媒體經營得很好，說我是很厲害的內容產品經理，經常問我是在哪裡學習的，經驗怎麼來的。

我自己寫公眾號文章這幾年，雖然思考方式變得更加深刻，對事物的敏感度更高了，但是我過去的人生經歷和社群網路、新媒體沒有任何關係，這是怎麼做到的？

我的回答是：如果你能在過去兩三年裡寫三百多篇公眾號文章，你大概也會成為中國比較領先的新媒體人。

為什麼？因為學習是輸入，寫作是輸出。

很多人週末坐在家裡，一杯咖啡一張沙發一本書，悠閒地坐一個下午，美其名曰學習，還是「反人性」的學習——沒看到我犧牲寶貴的休息時間在看書嗎？

錯了。這種人不但沒有弄清反人性的真實定義，而且實在是有些矯情。你只是在看別人已經整理好的東西，你的姿態還是被餵（feed）的狀態，已經很輕鬆了，有什麼反人性的？

真正的反人性，不是以克制天性為目的，而是透過克制天性的手段達到某種目的。

很多時候我們並沒有能力直接將我們看到的東西變成自己的，他人的認識和我們的理解之間，有一條叫作「實踐」的鴻溝。實踐可能是抽象的，我們無從考量，但是實踐的結果可以是具體的。所以，真正可靠的學習方式是輸出。想要輸出，就必須要思考，必須要進步。這才是反人性的目的。

我常常對著電腦一坐就是一個小時，對於一個選題想不出什麼新鮮的觀點，很痛苦。我就勸自己：作者也不是有了靈感才寫作。沒有什麼好方法，只能逼自己想得再深入一些，然後硬寫，這種感覺很痛苦。但當你寫完後，你會驚訝地發現，你的內容高度甚至超過你之前思考的。

這才是反人性的力量，是做的力量。光想不做，是沒有未來的。

我一直在追求的境界，就是把寫作這件事訓練成為肌肉記憶，讓深度思考成為日常的習慣。這樣就會覺得，自己真的在用肉眼看得見的速度進化。

誠實，比新意更重要

常有學員跟我說，想寫的東西很多，結果上網一搜，這些話題別人老早就寫過，如果角度、觀點等無法有突破，寫不過人家，還不如不寫。

寫文章要有新意沒錯，但仔細想想，日常生活中多數人普遍關注的領域、關心的話題也就那麼多，網路上每時每刻輸出的文章卻不計其數，即便是職業作家，要推陳出新、卓爾不群，也是很有挑戰的。如果剛開始寫作，就以「超越別人」為目的，給自己太多壓力，我們普通人的寫作之路可能還沒開始，就結束了。

我認為，寫作時比追求新意更重要的，是誠實。

首先，不論起點高低，只有寫自己真正熟悉、相信、感興趣的東西，你才有足夠的熱情和自信重去剖析自己、探索世界、面對質疑。

動筆之前，不先自問到底想寫什麼、能寫什麼，只顧琢磨讀者想看什麼、市場需要什麼，這樣寫出來的文章，短期內也許會有不錯的閱讀量，但要持續輸出並保持熱度則很難。因為市場風向、讀者口味是不斷變化的，如果沒有清晰的自我認知，長期偏執地去做一件事，會愈寫愈痛苦，讀者也會慢慢察覺到這種不真實。

你要知道，再天才的作者，也無法取悅每一個讀者。寫作時我們要顧及讀者感受、考慮熱點風口，但最重要的是「取悅」自己，堅持寫自己真正熱愛、真正相信的東西。這樣完稿後，面對「一千個人眼中就有一千個哈姆雷特」式的挑剔或質疑，對自己誠實，才不容易迷失。

誠實，是寫作者最重要的品質，其內涵還包括有多大能力就做多大的事，不拔高，不矯飾。

有的人對生活不敏感，「新意」約等於無病呻吟，結果矯揉造作，反落入俗套；

有的人文章寫得粗淺，為博眼球還總貼上「深度好文」的標籤；更有甚者，知道原創不易，索性搞起「拿來主義」，靠模仿他人的創意（洗稿）來打擦邊球、走捷徑。

我這些年寫作的感受是，多數讀者都很寬容，只要你寫的是肺腑之言，哪怕文筆差一點、更新慢一點，他們也願意為打動人心的文章付出一些等待的時間。但如果你才華有限卻不誠懇，老是發一些湊數的文章，或用浮誇賣弄來虛張聲勢，讀者很快就會棄你而去。靠投機取巧獲取的關注度，就像蓋在流沙之上的房子，風一吹就沒了影。

其次，真實，是一切創意、風格的基石。

美國作家桃樂西亞·白朗黛在談論小說創作時說：「沒有任何場景本身是所謂老套過時的，只有單調乏味、沒有想像力、詞不達意的作者……賦予你寫作最終價值的是你的洞察力和真知灼見，只要你寫作時頭腦清晰、思想誠實，就不會落入俗套。」

生活看上去如此相似，差別只在我們每個人帶著各自的經驗、故事，對它有著不同的觀察、認知。一個主題的價值，完全取決於作者能夠從中發現什麼，以及發現的深度。哪怕談論的是同一個話題，不同作者之間的閱歷多寡、思考的深淺、表達方式的差異等，都會在作品中有所反映，從而匯聚成某種被稱作個人風格的東西。

所以說初學寫作，不用太在意題材是否新穎，先自問內心究竟有沒有渴望訴諸筆尖的東西？把那些如鯁在喉、不吐不快的感受記錄下來，用你自己滿意的方式準確、流暢地講清楚，一篇文章就有了不錯的基礎。如果不夠獨特，可透過後續推敲、修改等來彌補。如果不夠真誠，文章就失了靈魂，手藝再高也是虛有其表。

・靈感就是流汗・

靈感跟天賦一樣，看似不可捉摸，其實也是厚積薄發的結果。

你是否有過這樣的體驗，當花費較長時間去思考某個問題、鑽研某件事時，它就會進入潛意識，哪怕中途停下來，思維也會不自覺地開始「後台運作」起來。一旦遇到某種環境或條件，靈感會突然從天而降，似乎不費吹灰之力，問題就迎刃而解了。

寫作是對心靈的探索。要獲得靈感，過去的積累、當下的觸發，二者缺一不可。對寫作者來說，其實比「等待靈感」更重要的是充實生活，讓你的學識變得豐厚、閱歷變得廣闊。當你了解得多，思考得多，不斷深入體驗生活，靈感自然會像源頭活水一樣汩汩而出。

美國當代作家、書寫教練娜塔莉・戈德堡將這一過程稱為「堆肥」。她說：

> 我們的身體是垃圾堆：我們收集經驗，而丟擲到心靈垃圾場的蛋殼、菠菜、咖啡渣和陳年牛排的骨頭，腐爛分解以後，製造出氮氣、熱能和非常肥沃的土壤，我們的詩和故事文章便從這片沃土裡開花結果。

那麼，如何在日常生活中累積素材，以獲得靈感呢？

心態開放

生活中每時每刻都有很多事情發生，公司裡的新鮮事、飯桌上有趣的談話、朋友漫不經心的吐槽……有的美好，有的糟糕，它們都是能滋養寫作的「肥料」。

打個比方，今天白天你在排隊的時候，發現有人插隊插得理直氣壯，晚上下班，又看到有寵物狗隨地大小便，主人視而不見揚長而去，回家你可能就寫了一篇〈致賤人〉（開個玩笑），裡面全都是這些瑣碎的小事。

詹姆斯．喬伊斯說：「所謂想像力就是記憶。」素材不僅是創作的基礎，也是記憶的通路。除了事物本身，盡量寫下打動你的那些細節（包括聽覺、觸覺），細節愈豐富，日後回想起來，對當時場景乃至心情的還原就愈真實，愈鮮活。

大量輸入

寫作者需要有不斷推陳出新的能力，因為人們永遠對新的東西感興趣，有可能是新概念、新理論，也有可能是新視角。要吸引讀者，首先你自己要比你的讀者對資訊更敏感，這就要求你大量閱讀。

那麼具體讀什麼，怎麼讀呢？

我的建議是，如果是通俗寫作，優先選擇那些經典但又讓你感覺比較輕鬆、容易進入的書。因為一個人的表達習慣和風格，跟攝入的內容有很大關聯，如果你成天捧著詰屈聱牙的理論書籍，你會發現自己寫作時也會變成那樣。

如果是專業性比較強的文章，先培養固定閱讀的習慣。與其囫圇吞棗，不如從興趣出發，以適合自己的節奏和方式閱讀，哪怕速度慢一點，總好過因讀不下去而否定自己、懷疑人生吧。

有朋友吐槽，明明書讀得不少，但讀得多忘得也多，感覺讀來讀去沒什麼效果，收穫不大。

要解決這個問題，先要注意區分「欣賞性閱讀」和「功利性閱讀」。一些人看書，看的時候不喜歡做筆記、畫心智圖，看完後也沒想過要向別人複述，或寫點書評、讀後感之類的，只是逐字逐句地「看過」，卻沒真的「看見」什麼。這就是典型的「欣賞性閱讀」，看個熱鬧，看個大概，看完就完了。

真正有效率的閱讀，還是要有些功利心的。為什麼要讀這本書？它好在哪裡？能解答你哪方面的困惑？作者的觀點你認同嗎？為什麼？從中得到的啟發或方法，可以如何運用在你自己的生活中？當你帶著一連串問題去讀書，邊讀邊思考，邊讀邊輸出，書中內容才能跟你已有的知識經驗充分融合，變成真正屬於你的東西。

尤其對寫作者來說，千萬不要把讀書僅僅當作一種消遣娛樂。除了領會作者的思想、讚歎其精妙的文筆外，你還應該像個職業評論家那樣，仔細拆解、分析一本書，學習它的風格、結構，看看作者是如何組織素材、把握節奏、調動情緒、處理問題的。知道「是什麼」，也知道「為什麼」，這對你今後寫文章很有幫助。

我的閱讀習慣是，每本書至少要讀兩遍。第一遍是不加評論地快速通讀，了解大致內容，熟悉寫作風格。之後把書放到一邊，在心裡回顧一下對它的整體印象：喜歡還是不喜歡？相信還是有疑問？哪些情節或觀點印象較深？

讀第二遍時放慢速度，帶著這張問題清單（最好是寫下來），慢慢地、透徹地閱讀，檢驗實際情況跟自己最初的觀感是否吻合、為什麼，同時留意有無新問題或新的細節需要關注。

遇到特別精采的地方，我會直接在書上標出來，反覆揣摩作者是如何做到的。若遇到不那麼好的段落，我也願意花點時間去分析是哪裡不對勁，避免自己在寫作時犯同樣的毛病。

對於特別經典、讀完感覺超讚的書，我在細嚼慢嚥讀過第二遍後，通常還會找時間去讀第三遍、第四遍，有時專挑我喜歡的部分讀，有時乾脆從頭到尾再讀一次。好書的魅力就在於，每讀一遍都會有新的感觸，愈品味愈覺得滋味無窮，為作者的智慧和才華折服。

很多上班族，可能很少有時間好好看書，好在如今知識服務產品非常豐富，雖然良莠不齊頗有爭議，但如果你有一定的基礎和判斷力，就能篩選出對自己有用的東西。

比如「得到」應用程式的「每天聽本書」，它提供的是已經被提煉過一道的內容，能讓你更高效地獲得新鮮的概念和知識。我就經常透過這個產品獲得寫作的靈感。有句話說，師父領進門，修行在個人。知識付費市場火熱，哪些內容了解個大概就行；哪些內容值得深入研究學習，取決於你自己。

閱讀時要養成記錄的習慣。當你瀏覽文章時，發現一則好的標題、金句，或者打動你的段落，趕緊記下來，可以利用手機備忘錄、Evernote之類的工具。正所謂好記性不如爛筆頭，平時多累積素材，記錄下你的想法清單，才不會在寫作時僅僅依賴靈感。另外，一定要記住：能夠打動你的，通常也能打動別人。

刻意練習

在發貼文的時候，不要把幾句話的內容不當回事，要把每一次的發言都當作一次寫作練習，甚至是塑造你個人品牌的機會。

公開發表任何東西，都要看成是一次試驗的機會。發表前認真思考，無論是情感、段子、吐槽還是評論，都要斟酌每個字每句話。這樣的短寫作，能幫你快速獲得回饋。也許幾句話的短評，或一百字的小故事，就能獲得許多點讚和分享。

和你「一廂情願」做出的判斷相比，提前「經受檢驗」的內容，更有可能得到認可、傳播。

不願動筆的三種心理

Nike有一句經典的廣告語：你說過，就今天（Yesterday you said tomorrow）。寫作最重要的一點是：做就對了（Just do it）。哪怕對自己充滿懷疑，也要開始動筆。否則，朋友圈的新訊息通知、翻了一半的書、刷了兩集的劇，或者隨便什麼能讓你逃避寫作的事，都會變成火燒眉毛的大事。

與其磨磨蹭蹭東想西想，等待靈感從天而降，不如用盡全力把自己送到椅子那去（必要的話用繩子把自己和椅子綁在一起），打開一個空白文檔，深呼吸一口氣，開始在鍵盤上敲擊……行動起來，你才知道自己究竟能寫出什麼來。

寫作，最大的敵人只有自己；阻止我們動筆的，主要有這三種心理。

覺得自己寫得不夠好，對別人沒有價值，浪費別人時間

人類心理都是喜歡曬優越，哪怕吐槽一個東西也是在曬智商。你寫了一篇文章，當然希望被更多人看到、點讚，但又擔心水準不高、被人嘲笑。

有個朋友前段時間給我發了這麼一條微信，他說，兩年前看我寫的公眾號文章時，覺得我很矯情，這不就是另一個版本的QQ空間嗎？兩年後看到我竟然寫成目前這樣的規模和影響力，他說我當年的格局是多麼大、眼光是放多麼遠，他真是自愧不如啊！

你看出來了嗎？當年說你傻和現在說你棒的，基本上是同一群人。

說到價值，我覺得只要經過獨立思考，你的文章就有價值。因為你所面臨的問題，別人也面臨著；你獨立思考了，別人沒有，你的文章對他們就有價值。其實太陽底下無新鮮事，道理誰都懂，如果你能提供一個新的角度，或者提供一段親身體驗的經歷，並且真誠地表達出來，這就是你的獨特價值。

覺得自己寫的文章很幼稚，讀不下去，對自己沒信心

相信我，你永遠都會覺得自己的文章很幼稚。我現在看自己一年前甚至半年前寫的文章，都覺得幼稚，想著重寫一遍的話，肯定能寫得更好。

記得當年我第一次去紐約，寫了篇文章叫〈紐約的夢〉，在文章最後我寫道：

> 現在的我已經看過這個世界，以後只想偕一人白首，擇一城終老，歲月靜好，現世安穩。

當我現在再看這段文字時，覺得特別好笑，特別矯情，特別無病呻吟！只有沒見過世面的人，才覺得自己出國一趟就是看過整個世界了。

老實說，看我以前的文章，就像在看一部黑歷史。不過話說回來，**如果沒有以前那些不成熟的思考，就不會有現在更成熟的思考**。可能明年或後年再看現在的文章，仍然覺得很幼稚，但如果你不寫出來，永遠不知道寫得有多差勁，連比較、吐槽的機會都沒有。

我大學時在新東方學英語，老師鼓勵學生讀英文時說：「你就應該大聲說英語，反正你說出來，痛苦的又不是你自己。」在你還沒有成名的時候，真的沒人關心你寫了什麼。所以要更大膽些，就想反正也沒有人看，痛痛快快地去寫。

馮唐有個九字箴言：不著急，不害怕，不要臉。寫作時，把你對靈感的期待、品質的要求、結果的預期，統統忘掉，允許自己有「寫出世上最爛的垃圾」的自由。如果每次一坐下，你就準備寫出一篇絕妙好文的話，等待你的只有巨大的失望。對這種失望的恐懼，會讓你根本沒勇氣動筆。

這裡我特別想說，沒有幼稚，何談成熟？哪一位優秀的寫作者不是從磕磕絆絆中走出來的？你寫的東西愈多，思想得到鍾鍊的機會愈多，寫出的東西才有可能愈深刻。

寫作時，內心總有一個聲音在扮演「審判者」

在真實的寫作過程中，妨礙我們下筆的因素，還包括意識與無意識的對立衝突。

很多人寫作時，腦子裡經常會跳出兩個小人兒，一個感性、熱情、自信，「這個想法真不錯，我真是個天才！」另一個理性、冷靜、挑剔，「沒搞錯吧，這樣的東西有什麼好寫的？」

我把前者稱為「創造者」，後者稱為「審判者」。前者一般出現在你有了寫作靈感、思路流暢的時刻，覺得自己被某種情緒或想法包圍著，迫不及待想要寫下來。突然，你接到一個電話，或者寫完幾段文字後感覺有點卡，於是停下來，一不留神，那個挑剔的「審判者」便登場了。

為了重新整理思路，你重讀了剛才寫下的句子或段落，發現文字有些平淡、觀點顯得平庸，根本不是你想要的內容。為了讓它看起來邏輯更順暢、文筆更出色，你開始犯所有初學者都容易犯的錯誤——中途停下來，回頭開始修改。

接下來的三十分鐘甚至一個小時裡，你來回審視段落之間的邏輯，仔細推敲不同語句的措辭，刪刪改改，修修補補，於是發現了更多問題，愈來愈不滿意。最後你的這次寫作無非兩種結果：

第一種，你思來想去覺得下筆前過於樂觀，這個話題根本沒什麼可寫的，或以你目前的水準，根本寫不出讓自己滿意的東西。

第二種，你終於改得心滿意足，想要往後寫了，然而你的激情、精力早已被剛才來來回回的打磨消耗一空。現在只覺得頭腦短路，轉不動了。更糟糕的是，馬上就要上班（或開會、接孩子、睡覺），你根本沒時間寫了。

寫作，需要「創造者」（無意識）和「審判者」（意識）通力合作。當無意識不受約束地自由流動，那些讓你感動或戰慄的素材，才會慢慢從潛意識的深井中浮現出來。意識的作用則在於辨識當下可用的素材，透過篩選、構思、編排，將它們巧妙地組合起來。

好的寫作者，能夠駕馭無意識與意識的出場順序，在應該由「創造者」信馬由韁盡情施展的時候，克制腦海裡那個一直試圖跳出來批評、吹毛求疵的傢伙，讓「審判者」學會候場。輪到後者出場時，思考並信賴它的判斷，不對自以為是的創意過分珍惜。如此不斷訓練自己的思想，讓兩種意識相互激勵，共同塑造一部好作品。

基於此，美國作家桃樂西亞・白朗黛給出了她對「天才作家」的定義：

> 天才是那種具備一些幸運的稟賦或受過獨特的教育，能夠使他的無意識完全服從於他理性意圖的人，不管他對此是否了解……造就一個作家的過程，就是教會一個新手，透過技藝來掌握一位天生作家與其本領的過程。

這一觀點也給了我們普通人信心。如果把寫作看作一門手藝，你唯一要做的就是不斷練習，讓你對寫作的自卑與自負和諧共處，透過後天訓練，掌握近似天才作家與生俱來的那些本領。

要知道，自我懷疑是種折磨。有位暢銷書作家告訴我，不能在寫作的開始階段期待太高。就像運動員在比賽之前需要熱身一樣，「剛開始的二十到三十分鐘是為了讓你的手指動起來，讓文字不受阻力和評判地流出來」。當你知道最初寫下的三五百字僅僅是熱身的時候，壓力就沒那麼大了。

那麼，什麼時候輪到「審判者」出場呢？

當你完成當天的寫作時長，我建議關閉文檔，過幾小時甚至一兩天後再看。不立刻修改的原因是，如果你寫得熱情高漲，頭腦發熱時不容易看出問題來；如果寫得不順，重看一遍只會更沮喪。

留出緩衝、隔斷的時間，能讓你得以保持一段距離，更加客觀地看待自己的作品，由此更容易「割愛」，或補充更多新鮮素材、想法進來。

無法堅持的四種解決方案

波蘭裔的英國作家約瑟夫．康拉德說：「寫作只有兩件難事：開始寫，不停手。」很多人在動筆之後很難堅持，在我看來主要有三個原因：第一，控制不住自己；第二，完美主義心理；第三，缺乏回饋和激勵。

先來說說第一個原因：控制不住自己。

在人類的生存活動中，大腦思考其實比身體活動要更消耗能量，於是人類為了盡量減少消耗，就發展出一套本能：拒絕或者減少思考。像寫作這樣一種腦力活動，本身就是一件逆人性、反本能的事情。

那該怎麼辦呢？其實還是有辦法解決的。

抵制本能需要強大的意志力，在一個干擾因素多的環境中，我們抵抗本能、完成寫作的難度會更大，所以我們應該創造專門寫作的環境，在一個干擾最少的環境中，全神貫注地執行任務。

這就是為什麼我在寫文章之前，會戴上耳機，然後和我的下屬們說：接下來的三個小時，除非有超級重要的事情，否則不要打擾我。最重要的是我會強迫自己把手機設定為飛航模式，給自己製造一個隔離空間。這一連串的動作，本身也能帶來進入寫作的儀式感。

當我們戰勝了本能，好不容易開始寫的時候，又會遇到第二個問題：完美主義。

完美主義，聽上去很美好的一個詞，但它卻是很多寫作新人面臨的一大陷阱。完美主義分為兩種，一種是行動上的完美主義，其實這是一種很好的特質，它會讓你不斷行動，最後獲得一個接近完美的結果；但是完美主義還有另外一種，就是思想上的完美主義。思想上的完美主義是只關注自己腦海中不斷變換的完美畫面，幻想著最完美的結果；對事情抱有過高的期望，但實際和現狀差距很大，結果當然就會產生挫敗感，接著就愈來愈不想做，最後思想上的完美主義就只能讓自己成為「行動上的矮子」。

寫作本身不是一件容易的事，但你也不需要把寫作看得過於高深，寫得好不好，本來也沒有一個標準。你要牢牢樹立一個觀念：完成比完美更重要。

其實解決完美主義這個問題最有效的方法是，為寫作製造任務感。給自己設定一個寫作任務，並且刻意增加任務的「嚴峻性」。

打個比方，如果每次上班遲到十五分鐘罰款五十元，很多人還是會遲到。但是如果每次遲到罰款一千元，我相信不管出現多大的自然災害，都阻擋不了我們想要上班的心。

寫作也是一樣。假如明天稿子沒有寫完，你的工作可能就不保了，那你是不是會馬上振筆疾書地寫下去？

很多人說自己沒有時間寫，錯了，我們永遠不會沒有時間寫，我們只是把寫作的優先順序往後挪了，沒有讓寫作這件事變得嚴重起來。

借鑑這一思路，給自己設定一個緊急的、帶有嚴峻性的寫作任務，比如今天不寫完文章就不可以吃飯，晚上不寫完就不能睡覺，這就讓我們從原來的完美主義心態變成完成任務心態，結果自然水到渠成。

說完了思想上的完美主義，再說寫作難以進行下去的第三個原因：缺乏回饋和激勵。

很多人寫文章一開始熱情飽滿，吭哧吭哧地寫，寫了十來篇，愈寫愈沒意思，寫到最後不知道怎麼就放棄了。

為什麼？因為沒有回饋，因為他覺得寫的內容沒有人看。大多數人學習的時間很長，但學習的密度很低，導致效率也就很低。寫作也是這樣，想起來就寫，沒想起來就放著，這會導致正向刺激很少，沒有及時回饋，寫作沒有效率。

人是需要有回饋刺激的動物。這個問題的解決辦法，就是自己給自己製造回饋。對於像寫作這種需要長期堅持的事，設計進度條是製造回饋的好辦法。

以公眾號寫作為例，你可以在進度條上設計一些里程碑，除了開通更進階的功能[4]以外，還有粉絲數突破一千，留言破五十條，超過十個大號轉載，粉絲數破萬，等等。你可以根據自己的具體情況，來設計適合你的進度條。進度條能給你製造出短期的目標和回饋，讓你獲得成就感，而成就感就是堅持最好的動力。

日本作家村上春樹在《身為職業小說家》這本書裡分享了很多寫作心得，他把寫小說稱為一份「孤獨的工作」。「心情常常會變得像一個人坐在深井底下那樣……結果所寫出來的作品就算有人讚美（當然是指如果順利的話），但對於那寫的作業本身，人們並不會特別予以肯定。那是作家自己一個人，默默背負的包袱。」

為了對抗這樣的孤獨，村上先生除了每天堅持跑步，寫作上也恪守著自己的一套準則。

> 寫長篇小說時，自己規定一天四百字稿紙估計要寫十頁左右……想寫更多時也在十頁左右就停下，覺得今天好像不太順時，也想辦法努力寫到十頁。因為做長期工作時，規律性會具有重要意義。能寫的時後順著氣勢寫很多，寫不出來時就休息的話，就無法

產生規律性。

普通人即使做不到職業作家那樣，每天堅持伏案四五個小時、寫作四五千字，保持規律性的寫作，也是很有意義的。每天在固定的時間段寫作，比如每天比平時早起或晚睡一小時，這有兩個好處。

第一，克服內心對寫作的抵觸，養成按時寫作的習慣。

作為初學者，對寫作多少是有些抗拒的。如果只是偶爾為之，做不做均可，成不成都行，遇到身體不適或情緒不對，多半就會放棄了。只有當寫作成為一種習慣，就像你每天都要上班、吃飯，不做就會心慌，覺得渾身上下都不自然，思路不暢，你才有動力去尋找方法突破瓶頸、克服困難。

給自己選擇一個時段，設定一個時長，比如每天午餐後的半小時。當天不論發生什麼事、有沒有靈感，你都要抱著電腦去公司附近的咖啡館（或就在自己的辦公桌前，雖然容易被打擾）寫滿三十分鐘。不要停，寫什麼都行，寫得不好也沒關係（只要你不發表，就沒人知道），關鍵是定時、定量，讓自己放鬆下來，進入思緒自由流淌的狀態。

「寫作拖延症」患者要把握兩個原則：

4 以微信公眾號為例，可能是拿到「原創」標章，進而開通群眾「打賞」的功能。若是臉書，則類似「驗證徽章」（藍勾勾）功能，以標示出自己是公眾人物。

首先，不管多痛苦，寫起來再說。可能手邊有很多事情在等你完成，但別去碰，時間一到就坐在電腦前面，感受自己的焦慮和緊迫，你會寫出來的。一定要堅持把寫作放在第一優先順序，絕對不能動搖，一旦動搖，寫作就變得遙遙無期了。

其次，不管是什麼，寫出來再看。坐下來寫作時，如果花太多時間思考要怎麼開頭，你那顆不安分的心可能會在眾多題目當中東轉西轉，始終無法寫出一個字。寫之前你可能會想：我不能寫這麼糟糕的東西，反正寫出來也會刪掉。不能這麼想，先盡力去寫，一旦完成了，大部分情況下，你會覺得還不錯。

第二，每天早起寫作，你可能更有靈感。

經過一夜的休息整頓，早上剛剛睡醒的時光，是多數人精力最充沛、無意識最活躍的時段。此時跟他人的連結尚未開始，你有相對獨立、充裕的時間來面對自己。

有人早起後喜歡先喝杯咖啡，瀏覽一下新聞網頁，翻翻書什麼的，調整好狀態再開始寫。我不建議這樣做。一來你不是自由職業者，要充分利用出門上班前這段難得的空白時間；二來人腦「頻寬」有限，無意識又非常敏感而發散，好不容易用一夜睡眠清除掉頭腦中的各種雜念，最好在「一張白紙」上寫。

當然，每個人都有自己的偏好習慣，比如動筆前沏杯茶、點上精油、放點音樂等。給寫作來點儀式感不錯，但要注意兩點：控制入戲時間，消除環境影響。如此哪怕每天只寫三十分鐘，只要足夠專注，堅持下去，你會發現能寫出的文字篇幅愈來愈長，文筆愈來愈流暢。

保持高品質輸出的五個關鍵詞

不同於專欄作家或傳媒工作者，我開始寫作之前從事的是金融工作，沒有任何寫作經驗。一步一步走到現在，我認為若想建立寫作的正面輪迴，要把握五個關鍵詞。

死磕[5]

所謂死磕，就是保持持續的輸出。這一點看上去好像沒什麼大不了，但百分之九十的人都倒在這個關口。

剛開始寫作時可能興高采烈，每天寫得很開心，但一定有忙的時候，有寫不出來的時候，有寫得想放棄的時候。三天打魚兩天曬網，很多人就是這樣放棄的。

死磕是一段依次克服困難的過程。前面我們談及：如果你把寫作當成一種娛樂或者愛好，可能沒有這麼強烈的死磕精神；但如果你把它當成一個使命，就像十二點一定要交付給客戶的案子一樣，你寫出來的可能性就大多了。

寫作的人有很多，都說現在寫的人比看的人都多，但真正堅持寫的人，還是挺少

5 「死磕」屬於中國北方的方言，原意指與某人或某事沒完沒了，緊咬不放之意，作者在本篇則將其意轉換於持續寫作的態度上。

的。當你真正堅持下來的時候，和你競爭的人其實會愈來愈少，也愈來愈值得你尊敬。

不要倒在路上，一定要撐到看見風景的那天，才有機會贏。至於怎麼做呢？走好眼前的每一步，每天多多少少寫一點，寫著寫著，量就來了；量來了，心得體會、寫作習慣什麼的也就都來了。

敢拚

死磕說的是堅持，敢拚則是不恐懼。

雖然我們的文化總強調中庸之道，但時代變了，沒有冒險的人生不值得一過；沒有拚過的歲月談不上成功。看了無數張網紅的臉，大家只記住了papi醬；世界上的文章千千萬萬，但爆款還是只有那麼幾篇。

在寫作過程中，勇氣非常重要，如果你老是想著討好別人，反而不會受歡迎，還會寫得很難受。在大家都很努力的時候，你敢拚一點，你就會更上一階。敢放手一搏，才能得到更多關注及同道中人的支持。

有人寫過這樣的話：如果你都不曾被人記恨過，那你得多普通啊！對此我是很認同的。不要害怕失敗，也不要害怕別人怎麼說你，畢竟你不是人民幣。很多時候，對別人來說是危險，對我來說反而是刺激。我的每篇文章都會有我的態度在裡面。

比如，我有篇文章叫〈沒事別想不開去創業公司〉，寫了很多反常識的內容，但都是我的價值觀所在，可能有很多人不認同，但認同我的人就透過我講出了他們的心聲。

寫文章的人有很多，寫得不錯的也不少，但很多文章讀者看完就完了，根本記不得是誰寫的。為了讓人記住，就需要立場鮮明地表達態度，把你的氣場放在文章裡面。

尤其對自媒體寫作來說，一定要有自己的立場和鮮明的觀點。自媒體不是要追求光榮、偉大、正確，不要講正確的廢話，那些話已經有人在講了，你就不要再講了。讓人看完之後一句話都記不住，就別說什麼潛移默化的影響，一句話都記不住，要影響誰？

某種程度上，死磕和敢拚，其實是連在一起的。死磕是保持持續輸出，不斷增加輸出數量，將基數最大化；敢拚就是找爆款點，提高文章本身的傳播性，將爆款機率最大化。這兩點合在一起，構成累積和傳播的兩大要素。

專注

最重要的事情，都需要用大塊的時間來完成。

萬事開頭難，要趁著對一件事情有熱情的時候，全心投入，同時保持專注。

對我來說，寫作效率最高的時候，不是下班後，不是深夜，也不是週末，而是在飛機上。我經常坐國內航班，比如香港飛上海，兩個小時；香港飛北京，三個半小時。對我來說，飛機上的時間一點兒都不無聊，我一般會戴上降噪耳機，聽著音樂，打開電腦，開始寫作。這有兩個優勢：首先，飛機上沒有網路，你找不到別人，別人也找不到你，你的注意力不會被拉走；其次，你被迫在座位上坐著。除了上洗手間，哪裡都不能去。這樣你就有了一整段不會被打擾的時光。

寫作是需要一整塊時間全身心投入的。當你的身心只能放在一件事上時，就會產生專注力，寫作效率就會變得特別高。

現在很多人喜歡透過多工處理來提高效率，我認為，除了一些零碎、比較低層次的事情可以多工處理，比如一邊跑步一邊收聽廣播節目，寫作時盡量不要嘗試，因為多工處理會消耗內在切換的時間，而寫作特別需要思緒沉澱的狀態。沉澱的狀態不是兩三分鐘就能做到，比如你說沉澱就沉澱，你說要睡覺馬上就睡著，這太扯了。這種沉澱狀態一旦被打破，就需要重新醞釀，效率就會非常低。

李笑來老師是我見過專注力特別強的人。我們在他北京的辦公室見過幾次，和他聊天有兩點特別，一是他幾乎從不說廢話，和你聊天只講核心重點；二是聊完就進到自己的房間，開始投入寫作或處理其他事情，一般進去後就不會再出來。

專注代表毅力，我認為強者與普通人的區別，不在於強者有超過普通人的興趣，而在於強者有超過普通人的毅力。

如果你真的想做一件事，就要全心投入，因為過早退出，是一切失敗的根源。

野心

在香港讀研究所的期間我開始了公眾號寫作，一開始比較懶散，想起來就更新，沒想起來或者有其他事情就不更新了。寫出幾篇「十萬以上」的文章，得到很多讀者認可後，一方面給了我很大信心，另一方面也讓我有了更多野心，決定去追求一個更大的夢想。

回頭想想，野心，在我寫作的過程中是個分水嶺。我的公眾號真正開始做大的時候，正是我對自己的公眾號開始有了一點小野心的時候。

原本我一週更新一次，有時候一週都寫不出一篇，但自從有了這個小野心後，就開始一週更新三次了。寫不下去的時候，我就對自己說：不行啊，你是有夢想的人啊！然後又激情澎湃開始打字。當公眾號商業化之後，又遇到一些不愉快的事情。想不開的時候，倒一碗雞湯給自己：一切都是為了更好的未來，都會過去的。屢試不爽。

其實，野心在人生的很多階段都會成為你的分水嶺。野心大一點，扛過去，就成了。

野心向上能突破防線，讓你敢於去做更大的夢；向下也能守住底線，知道什麼不能做。這一點非常重要：有野心的人就像鷹一樣，會愛惜自己的羽毛。

比如，現在做公眾號厲害的人很多，也有一些半年便坐擁百萬粉絲大軍。但很多東西就像熱點一樣，來得快去得也快，當你沒有野心時，很容易被帶偏，視野、格局會變得狹隘。有野心的人，知道自己在做什麼，哪怕剛開始走得慢一點，最終一定會走得更穩、更遠。

選擇合作方時，我最在意對方的價值觀跟我的是否匹配，永遠把個人品牌放在金錢利益之上。有時候我們說一個人目光短淺，就是在說野心缺席時的局限性。

雖然跟很多同行比，我的這點成績微不足道，但我對自己現在的工作和生活狀態是比較滿意的，金錢方面基本實現了財務自由，交際方面結識了很多志趣相投的朋友。回頭思考一下，如果沒有野心，我可能玩不到今天；正因為我有野心，才愈玩愈上癮，還想帶著更多人一起玩。

好奇心

有人說，「好奇心就跟肌肉一樣，你愈用它，它就愈能幹」。

我覺得，好奇心是建立寫作正面輪迴的關鍵所在。一個沒有好奇心的人，是沒辦法持續產出文章的，因為他根本就看不到什麼東西。好奇心是寫作者必備的重要特質之一，當你不斷對生活產生好奇，對人事物提問的時候，你才會有新鮮的思想蹦出來。

每個人都有好奇心，只是多寡的問題，而且好奇心是可以培養的，你愈是強迫自己走出去，觀察外面的世界，留意生活中的細節，寫作這事就會愈容易，也愈有樂趣。而當你真正深入寫作時，這種激情和樂趣會自己顯現出來。

打開好奇心的一個小技巧，就是不斷提問。問一個問題不夠，就問三個。比如，最近沒錢花。這可能是個事實，但有好奇心的人就要問了，為什麼沒錢啊？因為賺錢少。好，有極強好奇心的人就會接著問：你一小時能賺多少錢？問了一圈之後，這個人就寫了一篇爆款文〈開個玩笑〉。不過真的，回想起來，我的大部分爆款文，都和我的好奇心有關，都源自我對生活的困惑或質疑。

在好奇心的帶領下，你會產生很多想法。建議你好好保護好奇心的成果，也就是你的素材庫。想到什麼、看到什麼、學到什麼，都用一個小本子分門別類記下來。長此以往，當靈感枯竭的時候，你的素材本就派上用場了。打開來，翻一翻，就像提款一樣，提取你的靈感。看看哪個素材還沒有寫過，多多少少寫一點，寫著寫著靈感就來了。比如，二〇一七年我有段時間特別忙，寫不出來，於是翻了一下素材庫，看到幾個和思考方式有關的素材，於是關於打工者思維的這篇文章──〈擺脫低水準的勤奮陷阱，獲得高水準的反思能力〉就出來了，也是一篇「十萬以上」。

我真的非常感謝我的好奇心，除了讓我擁有眾多素材，寫出能夠喚醒更多人的文章外，也讓我學會了發掘生活中的有趣之處，對生活有了更為深刻的理解和洞察，也更能敞開胸懷擁抱生活。

我覺得不管是誰，有好奇心的人更值得交往，他們有趣有料，能帶你去到生活的更高處看風景。如果這個世界上沒有這麼多有好奇心的人，你就聽不到野馬和草原的故事，也不知道那些想不開去創業的人都是什麼樣。有些人覺得持續寫作很難，又艱辛又痛苦。但對我來說，寫作是個很享受的過程，哪怕是死磕的時候、拚命的時候，即便當時要死要活，但畢竟寫的都是自己喜歡的東西，特別想跟人分享的東西，反而覺得是一種幸運。

希望大家在寫作過程中，少談堅持，多談熱愛。每個人的生活都是一部電影，超級大片或者文藝清新，都會有好故事可以說，就看你是不是個有心人。

·第三章·

寫作，是注意力的爭奪

平淡無奇、息事寧人的作家只會令人厭倦。我們需要勇於發表自己觀點、了無羈絆的靈魂，需要能夠洞悉人生、語驚四座，讓滿堂生輝的藝術家。

——《故事的解剖》作者　羅伯特·麥基

諾貝爾經濟學獎獲得者赫伯特・西蒙在預測當今經濟發展趨勢時指出：「隨著資訊的發展，有價值的不再是資訊，而是注意力。」

這個時代，是注意力爭奪的大時代；而寫作，是注意力爭奪的最大戰場。有些人文章寫得不錯，但因為不能深刻領會這一點，結果難以實現有效的傳播。

有感於此，我以這幾年自媒體寫作的經驗為基礎，提煉和總結了一套叫作「注意力寫作」的方法論。如果你擁有自己的公眾號、自媒體，這套方法能幫你收穫更多的閱讀和關注量。如果你會寫作，但內容傳播效果不理想，這套方法能讓你的文字能力有更大的用武之地。

注意力寫作：一種追求大範圍傳播的公開表達

寫作的情境和種類有很多，整體來說，可以從兩個面向去劃分，一個是對象，另一個是目的性。

如果按對象來劃分，寫作可以分三種，一種是寫給自己看的，比如記日記、記筆記。一種是有特定對象的，比如寫報告、寫企畫、寫信。還有一種是沒有特定對象的，比如你在網上發表一個自己的觀點，寫一篇文章講述自己的經歷、感想，你不知道你的讀者會是誰。

如果按目的性來劃分，寫作大致可以分兩種，一種寫作的動機是自我表達，比如遇到一件新奇事，貼文讓朋友們知道；看了一部很爛的電影，寫篇評論吐槽。另一種是，你寫作的動機是影響他人，比如爭取一個面試機會，說服客戶接受你的企畫，寫一個處理公關危機的文案。

而我所說的「注意力寫作」，是指對不特定的對象施加影響的寫作。注意這兩點：一是「對不特定的對象」，二是「施加影響」。也可以把它理解為是一種追求大範圍傳播的公開表達。

傳統上，注意力寫作主要發生在商業和職業情境中，比如廣告文案、公關發表、新聞寫作、流行文學創作，它們的共同點就是要獲得盡量多的讀者，盡可能影響廣泛的人群。

等到新媒體和自媒體出現，注意力寫作的範圍就大大擴展了。擁有文案寫作能力，不僅僅是一小部分職業人士的需求。不管從事哪個行業，要建立你的服務品牌，讓客戶注意到你，都要學會利用新媒體進行傳播，這就需要學會注意力寫作。

即便你是專家學者，要向大眾傳達你的研究成果，寫一篇文章，把自己的觀點更大範圍地擴散出去，也需要注意力寫作的技巧，否則你的作品只能湮沒無聞。

只要稍加留意就能發現，新媒體和自媒體已經入侵各行各業，最會玩注意力寫作的個體正在崛起。這也是我認為有必要系統拆解「注意力寫作」的原因。

注意，我說的注意力寫作，並不是寫作的一種類型，而是在很多寫作情境中都可能被用到的心法和技巧，它能讓你的文字吸引更多讀者，讓你寫的內容傳播得更廣，讓你的表達更加有效，讓你獲得更大的影響力。

我想把「注意力寫作」作為一個概念單獨提出來，還有一個原因，那就是我們這個時代的閱讀情境發生了巨大的變化，零碎時間裡的手機閱讀，已經成為主流的閱讀情境之一。

這意味著什麼呢？第一，讀者有大量的時間花在閱讀上，可以隨時隨地把自己的注意力「交給」內容生產者，這對內容生產者來說是巨大的機會。這個機會，是開放給所有人的，也包括你。第二，正因為現在是一個人人能寫作、人人能傳播的時代，注意力的爭奪就變得尤其激烈。閱讀時間碎片化之後，讀者變得愈來愈沒有耐心。大量的內容競爭，也讓讀者的興奮點愈來愈高。這也是「注意力寫作」已經成為一個非常重要的能力的原因。

在過去的幾年，大量擅長注意力寫作的人獲得了成功，寫作成為塑造個人品牌、建構個人影響力最好的方式。有一句話是這麼說的，「一切堅固的東西都將消散，這是個人品牌崛起的時代。」網路實現了你和這個世界最短路徑的連結，它無限放大了你的影響範圍。

如果說網路給了你巨大的可能，注意力寫作就是幫你實現這種可能的關鍵技能。

情境意識：手機閱讀時代的挑戰

二十世紀著名傳播學者麥克魯漢曾提出：媒體即訊息。意即媒體形態本身就是資訊，而且是比其傳遞的內容更本質、更重要的一種資訊，因為媒體的存在改變了人類認識世界、感受世界，進而透過行為影響世界的方式。

到了二十一世紀，隨著以數位技術為基礎，以網路為載體的新媒體崛起，媒體形態變化所釋放的一個重要資訊是：人們的閱讀方式、閱讀情境變了。

隨著手機的普及，我們已經進入手機閱讀時代，讀者的閱讀習慣發生改變，文字的呈現方式也不一樣。以前我們看文章，是一個字一個字地讀；在微博風行時代，我們是一行字一行字地看；而微信公眾號出現後，是手機閱讀，閱讀的單位是手機上的一頁。

手機閱讀的特點是什麼？速度快，頻率高，碎片化。

想想看，傳統的閱讀場景是什麼樣的：

一個溫暖的午後，一間有靈魂有香氣的咖啡館，你在灑滿陽光的沙發座，聚精會神地看書。

再想想看，現在的閱讀情境是什麼樣的：

比起隨身攜帶紙本書，你更多的是在通勤、等人的空檔，隨時隨地掏出手機，瀏覽網頁、看電子書。

當手機成為移動圖書館，你會沐浴更衣，正襟危坐，和大家說「你們不要打擾我，我要開始讀網路文章了」嗎？當生活愈來愈忙亂，你會每天刻意抽出整段時間刷朋友圈，對著快速更新的圖片文字細嚼慢嚥嗎？

不會的。我們現在看書都不那麼仔細看，更別說網路文章了。

我們利用早上起來蹲馬桶的幾分鐘，看看網路文章；我們在上下班尖峰途中，掃幾眼網路文章；我們和朋友約好一起吃晚餐，利用先到了等朋友的幾分鐘空閒看網路文章；我們結束一天的緊張工作，晚上疲憊地躺在床上，刷一下朋友圈，偶爾看一眼網路文章……

發現了嗎？我們都是在忙裡偷閒的零碎時間，才會開始閱讀網路文章。

如果做個比喻的話，傳統寫作是文藝電影，節奏慢，伏筆深。而新媒體寫作，則特別像拍商業電影，每兩三分鐘的閱讀中就要有刺激點，讓觀者不願離開座位，讓讀者的注意力不被分散。這個時候講究的是點陣式刺激，如果你不能在連續兩個畫面內吸引讀者產生看下去的欲望，他就會退出來。

傳播資訊的媒體與閱讀資訊的環境變了，讀者心態也跟著變化，這是時代帶來的寫作挑戰。

不是讀者變了，是時代變了。而我們的寫作方式，是由我們的閱讀情境決定的。所以說，注意力寫作更像商業電影的快節奏，而不是文藝電影的慢生活。

對比一下：

傳統寫作是：從前車馬很慢，書信很遠，一生只夠愛一個人。

注意力寫作是：生活太快，時間太少，不要繞圈子，給我來個痛快。

很難說哪種方式更好，我們需要做的是順應時代變化，學會用適合手機閱讀的方式來表達，這樣就能避免孤芳自賞，避免寫出來的東西和讀者無關。

用戶思維：影響他人的前提

注意力寫作最基本也最重要的思維，叫作用戶思維。

你可能會覺得，我們做產品、賣東西才需要用戶思維，需要了解客戶的想法，迎合客戶的需要，寫文章就不需要用戶思維了吧？

你這麼想就錯了。我要糾正的，恰恰就是你寫作時「只顧自己表達，不顧讀者接受」的習慣性思維。寫作需要有用戶思維，這也是我們接下來要講的注意力寫作的一切方法的基礎。

你可能又要問了，有用戶思維和沒有用戶思維，到底有什麼區別呢？舉個例子。如果你正在創業，此時此刻你得到了國內頂級的投資人徐小平老師的微信，你需要給徐小平老師發一段文字，希望他能夠指點你，甚至投資你。那麼你會怎麼組織這條訊息？

你的第一反應很可能是寫個長篇大論，介紹自己辛酸的創業經歷，再加上一段對徐老師發自肺腑的表白。如果是按這個套路，那麼我很遺憾地告訴你，每天日理萬機的徐小平老師很難注意到你，因為這種情況他見得太多了。

但是有一個人也碰到了這樣的情況，她卻成功了。這個人就是育兒用品商城「蜜芽寶貝」的創始人劉楠。劉楠在創業初期也感到非常困惑和迷茫，於是她給徐小平老師發了條訊息，這條訊息不僅成功地引起了徐小平老師的注意，最後還幫助她成功地拿到了投資。這條訊息是怎麼寫的呢？她說：

徐老師，我是個北大的畢業生，但是我現在在開淘寶店，我的銷售額已經有三千萬元了，但是我非常不快樂。我聽說您是青年的心靈導師，而我是一個陷入心靈困惑的青年，您有時間開導一下我嗎？

我們可愛的徐小平老師收到這條訊息之後，真的打電話開導了她，而且還給她投了錢。這條訊息的內容，也被徐小平老師在各種公開和私下的場合作為經典反覆引用。

徐小平老師作為投資界的重量級人物，每天都會收到大量來自創業者的求助訊息，為什麼偏偏劉楠的這條訊息能打動他呢？我覺得最直接的原因，就是劉楠在寫訊息的時候有很明確的用戶思維，她在編寫這條訊息的每一個細節裡，都把徐老師當成一個用戶，以用戶為中心去思考問題。

這條訊息用短短的幾十個字，透過三組對比，充分挑起了徐小平老師的好奇心。第一，「我是個北大的畢業生，但是我現在在開淘寶店」。第二，這不是一般的淘寶店哦，「我的銷售額已經有三千萬元了」。第三，雖然銷售額高達三千萬元，「但是我非常不快樂」。

短短的幾十個字裡面，就發生了三次轉折，這足以給讀者留下強烈印象。

如果劉楠當時這麼寫：

徐老師，我之前是全職主婦，現在在開淘寶店創業。創業非常辛苦，我感到不快樂，聽說您是青年的心靈導師，您有時間開導一下我嗎？

徐小平老師的內心戲一定是：創業者誰不苦？誰容易？然後，就沒有然後了。

這給我們什麼啟示？

日常生活中，除了寫日記，我們寫的大部分文字都是給別人看的，大多數的寫作都是為了影響他人。比如我們透過寫企畫說服客戶採納自己的建議；透過寫文章表達自己的觀點，讓更多人認同。而成功影響別人的前提是，你需要理解你的讀者，也就是你的「用戶」。

說到這裡你可能會問，針對徐小平這麼一個特定的讀者，去理解他還不難。但是，很多時候我們寫作不是針對特定讀者，那又該怎麼辦？

這就說到注意力寫作的基本思維。建立用戶思維有兩個面向的考量：滿足讀者的閱讀動機和適應讀者的閱讀情境。你在下筆前需要好好想一想，針對這兩個面向，該如何設計你的內容。

總的來說，培養滿足用戶需求的敏感點，就是要培養自己的同理心。同理心包含兩個方面，一個是認知同理心，另一個是情感同理心。認知同理心需要想像力和智力，能從別人的視角看問題。情感同理心則是體會別人當下的情緒，是一種情感體驗。這兩種同理心都非常重要。

洞悉讀者的閱讀訴求

我們知道，不同人的閱讀興趣是千差萬別的。但是，依然有一些規律，它們是普遍的、內化於人性的，只要抓住這些規律，就能幫你抓住最廣泛的讀者的心。

我歸納出了兩點。人作為社會性的動物，在採集和處理資訊的時候有兩個基本的需求：一是滿足好奇心，二是滿足自我表達的需要。

先來看好奇心。你可能看到很多人從早到晚一直埋頭刷手機，你所看到的只是他在刷手機這麼一個動作，你沒有看到的，其實是他的好奇心不斷被激起、不斷被滿足的過程。所以，當你理解了你的讀者的好奇心需要被滿足這點之後，你的文字就要去製造好奇了。

除了好奇心，一個社會人還容易對什麼樣的內容激動呢？那就是他高度認同的觀點，以及與他密切相關的話題，這也就是我們要講的第二點，叫作滿足讀者自我表達的需要。自我表達其實也是自我實現的一種方式。讀者需要表達他自己，那麼我們就要幫助讀者去表達他自己。

其實，人性有一個共同的弱點，就是太多地關注自我，太少地關注別人。很多人寫作，容易陷入自我欣賞的狀態，只顧寫自己的感受，而不考慮讀者是否能接受。

「得到」專欄「五分鐘商學院」的劉潤老師曾經說過這麼一個觀點：寫作這件事，表達欲很強的人是寫不好的，寫作的本質不是表達邏輯，而是傾聽邏輯。「傾聽邏輯」，就是聽讀者想要表達什麼，然後替他們去表達。

要想跳出自我欣賞的狀態，既寫出自己想要表達的內容，同時又能幫助讀者表達他自己，首先你要知道，讀者最感興趣的是什麼。換一種說法就是，你要去尋找那些人性中共同的主題，或者說人們生活經歷裡共同的話題。

以我自己寫的一篇文章為例。我觀察到，當下有很多人在選擇職業的時候面臨一個共同的問題，那就是他想要離開體制，不想當公務員了，但是身邊的人不支持他。這個時候，他很希望能向別人解釋一下自己的內心想法。但是可能他不太會表達，而我自己也有相似的經歷，於是我就選取了離開體制這個主題，理性客觀地分析從體制內離開的好處，以及在體制外收穫了什麼。這篇文章一經發布，就說出了很多人內心的話語，與他們的感受不謀而合。

這就是一個替讀者表達的最直接的例子。

替讀者表達還有其他方式，比如創造一個讓讀者有代入感的形象，透過講述自己的親身經歷引發讀者的共鳴等等。但請記住，不管主人翁是誰，讀者最關心的並不是這個人本身怎麼樣了，而是你寫的東西和他有什麼關係。

關於如何製造好奇、如何幫助讀者表達自己，我會在後文透過拆解自己的文章展開來講。

理解讀者的閱讀情境

理解讀者的閱讀動機源於好奇與自我表達，這還不夠，還要理解讀者的閱讀情境。如前所述，現在人們的閱讀習慣發生了巨大變化，零碎時間裡的手機閱讀，是當下我們面對的最主流的閱讀情境。在這樣的閱讀情境下，讀者的注意力更容易被分散，耐心也更加稀缺。

你想要讀者從頭至尾、饒富興味地把你的文章看完，而且讓他有收穫感、有分享的欲望和衝動，做到這些並不容易。這就是為什麼我說這個時代的閱讀情境給寫作者提出了更高的要求：你時時刻刻都需要考慮如何抓住讀者的注意力。

具體怎麼做？我認為有兩個原則。

第一，表達克制，切忌冗長。

永遠不要去挑戰讀者的耐心，表達切忌拖沓。相信我，如果讀者看了前三段，或者在手機上滑了兩頁，還不知道你要表達什麼，你這篇文章基本上就被判了「死刑」。

我說的表達克制有兩個層面：一個是措辭語句上的精鍊，要學會用精闢、貼切、最能直擊人心的詞句去表達。另一個是結構上的緊湊，比如講一件事情、一個意思，不要拖得太長，要乾脆、果斷、痛快。

我覺得網路文章的篇幅控制在一千八百到兩千五百字，相對比較舒服，太短了內容不充實，太長了讀起來比較累。但如果是大神級的文章，那就另當別論。當然，還有一些紀實性的長篇特稿，如果內容精采、手法精妙，同樣能吸引讀者一口氣讀完。

第二，盡量多給刺激點。

在寫篇幅比較長的文章時，非常需要時不時拋出一個刺激點，增強讀者的閱讀興趣，減輕閱讀的疲乏感。我認為在手機螢幕上，至少滑兩頁就需要有一個刺激點出現，我把這叫作點陣式刺激。

我總結了兩種典型的刺激方法，一個叫故事刺激，另一個叫金句刺激。

故事刺激是透過情節的展開實現的，一個故事刺激出現的地方，通常就是情節發生轉折的地方。當然，故事刺激也可能出現在開頭，比如設置一個懸念。

金句是你提煉出特別精闢的那句話，它通常也會給讀者帶來強烈的衝擊感。當讀者把整篇內容的大部分都忘了的時候，留在他腦海裡的那幾句話就是金句。

產品思維：從思想植入到行動轉化

好文章不是寫出來的，好文章就像一個產品，是做出來的。一篇好的文章，就是一個好的產品。

注意力寫作是一系列組合拳，如果你有產品思維，就知道把文章寫好僅僅是一個開始。

什麼叫產品思維，我舉個例子。

很多人有知識，沒錯，但是很少有人能將知識產品化，做成一個知識產品，交付給大眾和市場。因為知識產品考驗的不僅僅是知識的整合能力，還要考驗很多其他能力，比如你能不能洞察到這個知識產品的市場需求？你的產品設計架構怎麼搭建？這款知識產品的宣傳文案怎麼寫？對話模式怎麼設計？適合廣播還是影片？這些都是技術活，都是產品細節。

有些人的課能賣爆，有些人的課賣不動，真的是有原因的。

再說得深一點，其實擅長新媒體傳播的人，本身就是一個產品。你如何給自己定位？你希望打造什麼樣的標籤？你如何經營自己的事業版圖和人脈圈？你如何提升自己的聲量？你的商業變現方式是什麼？

往高了講，人人都是自己的產品經理，不是嗎？

造。

事實上，每一個成熟的職場人都需要產品思維，把自己的職場形象當成產品來打造。

・你是誰？你可以解決什麼問題？這是產品的需求思維。
・如果目前做的工作不適合自己怎麼辦？不斷地嘗試新的職位或者換一個新的思路，這是產品的試錯思維。
・你向別人介紹自己，讓自己的價值最大化，這是產品的文案思維。
・你想表述的事情沒人聽怎麼辦？講故事啊！這也是產品的思維。

如果僅僅是寫一篇文章的話，只需要想好主題，善於謀篇布局，寫作手法運用得當，差不多就可以成形了。但如果把文章當作一個產品來運作，文本只是一方面，除此之外還涉及策劃、開發、包裝、上市等環節。

因而動筆之前就要明確：你寫的這篇文章是否有利於打造自己的品牌，寫什麼？怎樣去寫？想要達到什麼樣的傳播效果？這些都需要經過完善的策劃。文章寫完，不是按下發送鍵就萬事大吉了，你還需要關注市場的反應、讀者的回饋，為後續改進做準備，因為你不是在寫文章，而是在做產品。

具體怎麼做？這有兩個方法。

系列文章提升專業度

系列專題文章是非常好的提升專業感的寫作方式，也是系統化輸出專業知識的最高效途徑，人家一看就知道作者有實力。

一個人寫出一篇專業文章很簡單，多看兩本書，最多做一個主題閱讀就行了。但是持續輸出就需要很深的功力，絕非一朝一夕可以完成。如果肚子裡面沒貨，那麼沒寫幾篇文章就空蕩蕩的了。所以能夠輸出優質系列文章的人，都很有實力。要想在垂直領域累積口碑、擴增影響，躍遷職場，就要不斷地累積素材，持續輸出專業知識。

寫作不是一件簡單的事情，你原以為自己清楚了解的事情，一下筆就不是那回事了。尤其對系列專業文章來說，寫作是檢驗你知識掌握程度的重要工具，必須好好利用。同時寫作這種輸出形式可以反向促使輸入，寫著寫著你會發現自己的不足，從而不斷地輸入，在不斷輸入中加速成長。

獨家視角提升辨識度

有些人寫文章，從內容到寫作風格都沒有自己的特色，觀點也是人云亦云，這樣的文章大家很難會打開來看。

生活中，我們不可能買一大堆同質化的東西放在家裡，寫作也一樣。讀者渴望聽到不同的聲音，所以破除同質化的思維，用獨家視角提升文章的辨識度，對賦予你的作品一產品屬性非常重要。

不要一味地迎合讀者，不可能也沒必要讓每個人都喜歡你；也不要一味地迎合市場，否則會失去自己的調性。失去了調性，就失去了自己個性的標籤，也就失去了自己的核心競爭力。

每個人在這個世界上都是獨一無二的，我們因為各自的成長環境而有了不同的個性，這個世界因為這些不同才多姿多采，保持自己的獨特性，這是你區別於人的關鍵。

獨家視角能夠更快確立自己的個性標籤，度過自媒體寫作的冷啟動期。因而在平時的訓練中，要以更開放的心態對待不同的觀點，有意識地去聽不同的聲音，多角度地考慮問題。

社交思維：左手寫作，右手傳播

做新媒體的這幾年，我深刻地感覺到，隨著這些年網際網路的蓬勃發展，一個人的寫作能力能否發揮出最大價值，有個很重要的基石，卻被大多數人忽略了，那就是——傳播能力。

從字面上看，「新媒體寫作」是「新媒體」和「寫作」的有機結合。但只懂寫作還不夠，必須深諳新媒體的傳播規律，才能攫取時代紅利。

我相信未來社會，懂社交傳播力的人會更有優勢，甚至可以說，你的社交傳播力就是你的核心競爭力。

為什麼？請記住這兩句話：第一句，「未來一切商業都會連接網路」；第二句，「社交會成為一切商業的底層架構」。概括起來就是：未來的一切商業都會社交化。

所以，懂網路社交傳播的人，就擁有了通往新商業世界的鑰匙，會展現出巨大的商業價值。

怎麼理解未來的商業都是社交商業？我舉個支付寶和微信支付的例子。

在微信支付剛推出的時候，支付寶可是占據著線上支付的大半江山（如果不能說壟斷的話）。那麼，微信支付是怎麼迅速崛起、蠶食支付寶的市占率，並且幾乎沒花多少時間就趕超對方，交易頻率甚至遠高於支付寶的呢？

你只要問問自己，現在微信支付和支付寶支付，哪個使用得更頻繁？你用微信支付，發了多少個紅包？就會明白，為什麼微信支付能迅速彎道超車。

因為微信有社交屬性，而支付寶沒有社交屬性，只有交易情景。所以大家可以理解為什麼支付寶做社交之心不死——雖然一直沒做起來。

未來的電商趨勢，基本上都是社交電商。我們現在買什麼衣服，去哪個餐廳吃飯，不再是隨便逛逛，而更多源於社交推薦。誰掌握了網路社交入口，誰就掌握了主導權。

而人正在成為未來商業的社交入口，這就是我為什麼一直強調要做個人品牌，要懂新媒體傳播。

網路社交的本質就是：新媒體傳播。但是說實話，目前真正懂新媒體傳播的人，真的不太多。

以傳播中重要的用戶思維為例。我去家附近的商場餐廳吃飯，經常忍不住要吐槽：為什麼明明是川菜或湘菜，卻取個特別違和的英文名；這家餐廳的標識做得這麼小，用戶根本看不到呀；日本料理沒關係，你怎麼能直接用日文作為餐廳名稱呢，這讓用戶怎麼記住和分享？

當別人推送給我一個他創辦的公眾號，一臉興奮地對我說：「Spenser，我也準備開始寫公眾號，做新媒體，打造自己的個人品牌了。」然後我看了他推送給我的公眾號，還沒看幾秒鐘，就尷尬症發作。

- 這個公眾號的名字取得不好，認知成本太高了。
- 為什麼功能表欄的功能介紹裡面不放個人簡介的內容？
- 為什麼文章底部沒有設置廣告？
- 這個文案屬於自我欣賞型文案，自己看著爽，可是和讀者有什麼關係？
- 為什麼用戶的支付路徑做得這麼複雜？要知道，每多操作一個步驟，就要流失一半的用戶！

真的，很多人缺乏用戶思維，簡直到了令人難以置信的地步。

羅永浩經常說：在一個完美主義者眼中，這是一個怎樣的世界？而在一個新媒體人眼裡，這是一個不尊重用戶體驗、不洞察人性、沒有美感、不懂產品設計的世界。

那麼，什麼樣的人能被稱作懂新媒體傳播呢，有沒有標準？以我的經驗，除了具備用戶思維、產品思維，還需要懂人性、懂審美。

真正懂傳播的人，其實懂的是人性。為什麼你寫的文章沒有人看，而別人寫的文章能「十萬以上」？你能不能摸到人們埋在心底的訴求，能不能洞察到大眾的情緒，能不能挖掘人性裡最隱祕的痛點？

你能深刻理解多少人，你就能擁有多少粉絲。想了解人性，光有閱歷是不夠的，還需要思維的深度。而沒有美感的人，會愈來愈沒有競爭力。美感顯現在你所做的事情的細節裡。兩個功能一模一樣的產品，用戶喜歡用這個，不喜歡用那個，就是因為美感不同。

對注意力寫作來說，下筆的同時，要不斷訓練自己從傳播的角度去考慮，理解寫作這件事，理解網路傳播的本質，如此才能在這幾年社群網路的浪潮中拿到通往新世界的鑰匙。

預期管理：寫作的必然與偶然

最後談談心態問題。

我們努力地學習寫作，當然希望寫出的文章能被更多人看到，能寫出爆款文章更好。但也要明白，注意力寫作這個市場，既有必然性也有偶然性。

先來說必然性。

從機率上說，不斷累積和摸索，必然會有收穫，只要基數夠大，不斷地去寫，去試錯，總能摸到爆款的導火線。但人與人是不一樣的，有的人寫十篇就有一篇可以爆，有的人寫一百篇才迎來爆款文，這都是很正常的事情。

每個人的起點和積累是不同的，有時候我們只看到冰山上面的一部分，對冰山下面全然不知。所以要做好預期管理，不要想當然地認為寫多少篇文章就應該可以出爆款了；稍微降低一些自己的預期，反而容易有驚喜。

再來說偶然性。

有的作者在用戶基數百萬的平台上發表文章，閱讀量輕輕鬆鬆就到「十萬以上」，作者就沾沾自喜了，殊不知這樣的成績主要歸功於平台的用戶量級。

也有一些作者，寫出一兩篇爆款文，公眾號訂閱量猛增後，就忙著搞營運、做課程，沒心思寫作了，不能長期輸出優質文章，讀者來得快，去得也快。

市場上什麼人都有，群體的判斷有時候是盲目的，如果你看過《烏合之眾》，就能明白我的意思。尤其是現在，知識付費當紅，不管有多少功力的人都會出來，甚至以次充好擾亂市場。

寫作，不能有僥倖心理。用戶也不傻，一次兩次能蒙混過關，長此以往肯定不行。市場是混沌的，用戶是隨機的，我們只能採取引導的方式，不能死咬著不放。

一心想要寫爆款文，很容易讓自己變得水準太低。爆款是結果，不是原因。是因為你寫得好，寫進了用戶的心裡，才成為爆款，而不是相反。

你的初心會決定你可以走多遠。如果你只想寫爆款文，你的高度也就只到這了，況且以寫爆款文為目標的人大多寫不出爆款文。「取乎其上，得乎其中；取乎其中，得乎其下；取乎其下，則無所得矣。」這句話的意思相信大家都懂，這句話有多經典呢？《論語》裡有，《孫子兵法》裡有，唐太宗所撰寫的《帝範》裡也有。你可以有寫爆款文的目標，但不能只有這一個目標。

如果你熱愛寫作，想把寫作當作一項長期的事業來經營，就要有更大的視野和格局，沉得住氣，苦練技藝。當你有了這樣的心態和「底」時，從下一章開始，我將從標題、結構、文筆、邏輯等角度，為你逐個拆解一篇吸引人的好文章是如何煉成的。

·第四章·

如何寫出吸引人的好文章？

寫作之難，在於把網狀的思考，用樹狀結構，展現在線性展開的語句裡。

——認知心理學家　史蒂芬·平克

戰國時，楚國文學家宋玉在〈登徒子好色賦〉裡如此形容美女：

> 天下之佳人莫若楚國，楚國之麗者莫若臣里，臣里之美者莫若臣東家之子。東家之子，增之一分則太長，減之一分則太短；著粉則太白，施朱則太赤；眉如翠羽，肌如白雪；腰如束素，齒如含貝；嫣然一笑，惑陽城，迷下蔡。

美人如此，美文也是如此，達到「增之一分則太長，減之一分則太短；著粉則太白，施朱則太赤」的程度，才算恰到好處。

而跟絕世佳人往往「養在深閨人不識」不同的是，如今我們寫文章，是酒香也怕巷子深。社群網路上的很多文章，每每從標題就已決出勝負。

如何寫出讓人一見傾心的標題？

想像這樣一個場景：你處在一個環境嘈雜、人流密集的市場，你現在有個想法特別需要告訴在場的人。那麼你該怎麼做，才能讓大家關注到你的聲音？

答案是：看你大聲喊出的第一句話，是不是能馬上引起別人的注意。我們現在所處的這個時代，就是這樣一個人人可以發聲、處處都是訊息的大市場，你開口吸引別人的第一句話，就是文章的標題。標題好不好，直接決定了你寫的內容有沒有人看、被多少人看。所以說，寫好一篇文章從寫好一個標題開始。

那麼如何才能寫好一個標題呢？

首先，要去研究一下成功的標題的特點。我在分析了大量標題後，做了個總結，成功的標題可以根據特點分成四種類型，大部分成功的標題至少符合這四類中的一個。

引發共鳴

先舉個最典型的例子，有篇文章叫作〈高房價摧毀了八〇後的一切〉。這可能是一個能夠引起最大範圍共鳴的標題，它還用了一種發洩式的表達，激起了八〇後群體在高房價下的無力感這種情緒。所以，不管後面的內容是什麼，很多人光看這個標題本身，就有了一份代入感。

給人共鳴的標題通常是說到了某個群體的痛點，甚至讓人一看就有轉發的衝動。可能很多人知道，「標題決定了打開率，內容決定了轉發率。」但我要告訴你的是，有的光標題就能夠決定轉發率。

我經常在朋友圈看到一些文章，一看到標題，還沒看內容，就忍不住想要轉發。

比如有這麼一個標題：〈這個世界上最傻的事，就是對年輕人掏心掏肺地講道理〉。我自己就是個管理者，當我看到這樣一個標題之後，我的內心完全被戳中，說得太有道理了，簡直就是我的心聲：我就天天罵我的員工，但是他們經常聽不進去。這句話，我相信很多做管理、做企業的人一定會有共鳴。果然，後來我看到我朋友圈裡做企業、做管理的好些高層都分享了這篇文章。

製造懸念

懸念式標題不難理解，就是標題直接激起人的好奇心，讓人想去文章裡面尋找答案。

比如，〈什麼樣的人不會出軌〉、〈現在能撩漢成功，全靠當年三分鐘〉、〈我離婚了，但我很高興〉，這些都能激起讀者的好奇，讓讀者迫切想知道為什麼是這樣呢？製造懸念，是很常見的一種起標題的方式。

引起爭議

爭議式標題是指，在標題當中直接提出某個引發爭議、質疑、選邊站的觀點。

我曾寫過一篇離開體制的文章。當我選好了主題和角度之後，就開始思考，什麼樣的標題可以吸引讀者？

我本來想的標題是「我離開體制後的這三年」，或者是「當年離開體制的人，現在都混得怎麼樣了？」更誇張一點的標題是「離開體制後的這三年，我的收入增長了一百倍！」這些標題確實能夠引發好奇，但我認為它們不具備話題性。

那怎麼辦呢？我最後想了這麼一個標題，叫作〈我身邊離開體制的人，目前沒有一個後悔的〉。當讀者看到這個標題的時候，他們的內心會有兩層波瀾。第一層是引發了他們的好奇，你身邊都有些什麼樣的人離開體制了？為什麼都不後悔？這是個懸念和疑問。但是最重要的是引起了第二層波瀾，他們會想：真的嗎？離開體制沒有後悔的？不一定吧，我不相信。於是，這篇文章的標題就成功帶上了話題性，讓讀者們帶著好奇，帶著懷疑，甚至帶著質問打開了這篇文章。

千萬粉絲的「宇宙第一美少婦」咪蒙寫過一篇文章：〈我為什麼支持實習生休學〉。內容上雖然有爭議，但從傳播角度而言，這是個立場鮮明，既有懸念又有話題性的標題。像這樣的標題，最容易讓讀者忍不住想要去點開、去吐槽、去選邊站、去轉發朋友圈。

你要記住，對注意力寫作來說，三流的標題叫作無感標題，就是讀者看完這個標題的內心反應是「哦，這樣子。」然後，就沒有然後了。二流的標題能夠引起讀者強烈的好奇。而真正一流的好標題不僅能引發好奇，還自帶話題。

顛覆認知

我一直認為，當你的標題是光榮、偉大、正確、每個人都知道的一個概念，那麼這就是一個無感的標題、失敗的標題。如果你的標題顛覆了大多數人的認知，你的文章就成功了一半。

比如，「羅輯思維」有過一篇文章〈關於如何管理你的上級的清單〉，在大家腦海裡，應該是上級管理下級，怎麼可能下級管理上級呢？所以，當人們看到這麼一個標題，都忍不住想要點開去看裡面的內容。

又如，〈別傻了，你根本過不上有錢有閒的生活〉、〈你和頭等艙的距離，差的不只是錢〉、〈沒事別想不開去創業公司〉，也是顛覆認知的標題。

說完了這四種類型的標題之後，你有沒有發現，其實它們都有一個共同點，就是標題裡提到的都是大多數人熟悉的事物、跟大多數人有關的事情。記住，不管你的文章主題是什麼，你都應該盡量在標題裡展現人們更加熟悉的事物，讓讀者感到，這篇文章跟我有關。

分析完好標題的特點之後，如何寫出好標題呢？

第一，觀察、分析。要有敏銳的洞察力。當你看到一個很有共鳴的標題時，除了與大家一樣忙著點開、閱讀、分享和評論外，你要嘗試把自己抽離出來，去分析這個標題為什麼會讓你產生共鳴，它戳中了你內心的哪個點？這也叫作「開啟上帝視角」。

第二，**模仿、套用**。你在給自己的文章起標題的時候，可以根據我剛才總結的幾個好標題的特點，去設計出一個或幾個標題。

第三，**重視市場的回饋**。當設計好一個標題，發布之後，要及時關注市場的回饋。最直接的參考，就是文章的閱讀量。市場會給你最客觀的評價，糾正你之前的主觀想法，以後再起標題，你就可以總結經驗，不斷提升技巧。

現在我們一起練習一下。假設你要寫這麼一個主題：現在的職場人，領著勉強夠溫飽、卻買不起房的薪水，但是又不敢跳出來，怕沒有薪水收入就餓死了，薪水對於大多數職場人來說，挺尷尬的。

假設要寫這麼一個薪水是雞肋的主題，你會怎麼取標題？

- 不及格標題：**薪水已經成為雞肋；成長比薪水更重要**

（正確的廢話，太平淡無感了。）

- 七十分標題：**薪水是原來的保障，卻是如今的雞肋**

（有衝突對比，但依然平淡。）

- 八十分標題：**薪水是職場最大的陷阱**

（立場鮮明，有態度甚至情緒。）

- 九十分標題：**你的死薪水，正在拖垮你**

（直擊痛點，觸發焦慮恐懼，引爆共鳴。）

・一百分標題，還沒有誕生。

（因為標題沒有最好，只有更好。）

我再強調一遍，標題好不好直接決定了你寫的內容有沒有人看，被多少人看。當然，只有一個好標題是不夠的，純粹的標題黨會透支讀者的信任。現在，假設你已經用標題成功地吸引到讀者，接下來的問題就是如何讓讀者饒富興味地把你的文章看完，也就是如何設計你的行文節奏，讓你的讀者欲罷不能。

如何設計行文節奏？

世界著名認知科學家、哈佛大學心理學系教授史蒂芬・平克對寫作的本質做過一個描述，這個描述被很多人引用。他是這麼說的：寫作之難，在於把網狀的思考，用樹狀結構，展現在線性展開的語句裡。

也就是說，寫作是把你頭腦中非線性的想法，線性展開給讀者的過程。閱讀，其實是很費腦力的，我在前面也說了，手機閱讀的情境讓讀者的注意力極易分散，耐心也非常有限。這時候寫東西，就不僅僅是把一件事說清楚就行了，如何設計這個線性展開的過程，是對寫作技巧的考驗。

每個讀者在接收資訊的時候，都會產生一股心流。如果把這個心流想像成你的讀者從遊樂場的滑梯最高處往下滑的過程，那麼，你寫文章的時候，不僅要建一個足夠高、足夠長的滑梯，還要把整個滑梯甚至扶手都塗上潤滑劑，減少行進的阻力，讓人一旦開始滑，想停都停不下來。

那麼具體該怎麼做？這裡提供四個好用的方法：講故事、設懸念、給代入、有反轉。

講故事，而不是講道理

人們往往會懷疑一個理論，但很少會苛責一個故事。

一些人以為，喜歡聽故事是兒童的特點，其實，成年人跟兒童一樣對故事敏感，愛聽故事是人的天性。這就是《希臘神話》、《伊索寓言》能夠流傳幾千年的原因，也是滿篇故事的《心靈雞湯》這麼受歡迎的原因。

講故事並不難，需要注意的有四點。

第一，怎麼開頭。我認為最好用的辦法，就是直接交代時間、地點、人物。你可能會覺得這個方法也太簡單了吧，但我要告訴你，雖然它看起來很簡單，卻非常奏效。

我們小時候都聽過一個故事的開頭，「很久很久以前，有一座山，山上住著一個老神仙」，短短的十幾個字，就把一個孩子想要聽故事的欲望完全給打開了。其實對於成人也一樣。首先交代時間、地點、人物，開門見山，最符合人們對一個故事的預期，因為千百年來，人們就是這麼講故事的。

第二，講誰的故事。講自己的故事還是別人的故事？我的建議是，講自己的故事或者自己認識的人的故事，要比講離你比較遠的人的故事，效果更好。咪蒙很多文章的開頭都是「我有一個表哥」、「我有一個同學」、「我有個實習生」，有時候連自己的丈夫也不放過。

第三，故事情節是故事的主體。情節描寫不僅僅是敘述故事發展那麼簡單，還要加入大量的細節和對人物感受的描寫，這樣的故事才能有血有肉。比如，有這麼一個故事：「從前有個小女孩在街上賣火柴，後來她凍死了。」沒錯，這就是《賣火柴的小女孩》的故事。但是，如果作者這麼寫的話，它就不會成為一個真正意義上的偉大作品。當作者加入細節和情節之後，整個故事就變成了：「從前有一個小女孩，在聖誕夜的大街上賣火柴，她又凍又餓又睏，不小心睡著了，她夢到了火爐旁冒著熱氣的烤雞，夢到了去世的奶奶。第二天早上，她被人們發現的時候，臉上帶著微笑，她死了。」你看，有了這些豐富的細節和情節描寫，故事就變得有血有肉了。

第四，故事加金句，是一種很好用的行文套路。小時候我們讀《伊索寓言》，每篇故事到最後一定是為了說明一則道理。好的故事之所以讓人印象深刻，不僅是因為故事本身好看，還因為它啟發了一項深刻的智慧。當讀者讀完你的故事之後，你適時拋出一個「高能觀點」，替讀者把故事後面的道理說出來，這時就會給人一種撼動的感覺。這裡的高能觀點，也就是我們前面說過的金句刺激。

其實很多流傳很廣的文章，結構並不複雜，往往都是講一個故事，提煉一則道理；再講一個故事，再提煉一則道理。手法熟練的作者還會把道理寫得層層深入。

設懸念，哪怕是相對的懸念

我在我的一篇文章〈我喜歡更體面的辛苦〉裡面，開頭第一句是這麼寫的：「上週六我吃了一頓飯，花了五萬元錢。」這就是一個懸念的種子。那麼接下來我就可以花大篇幅來講這個吃飯的故事，而不用太擔心讀者會沒有耐心看下去，因為我明白讀者一定特別想知道，為什麼一頓飯吃了五萬元。

看到這裡，你可能會問我：沒有一頓飯吃掉五萬元的經歷，我的生活中也沒有太多特別的事情發生，那我還能不能寫出有懸念的開頭呢？

不要擔心，懸念是可以設計的，一件看起來普通的事情也可以寫出懸念感。這裡分享一個我的方法，叫作「懸念的相對論」。

什麼意思？其實很簡單，你看我一頓飯吃了五萬元，五萬元確實是一個很高的價格，對吧？如果你一頓飯吃了五百元，可能它的單價不夠高，絕對值不夠高，但有可能是你今年吃過最貴的一頓飯。那麼你就可以寫這麼一個開頭：「上週六我吃了今年最貴的一頓飯。」你看，用五百元同樣也能製造出懸念感。

所以你發現了嗎？你的生活裡，並不缺乏對你來說值得一提的經歷，關鍵看你怎麼去提煉、表達。只要深入思考，加上一些技巧，就能把懸念感給製造出來。

如果你去琢磨一些影視劇作品是如何製造懸念感的，你會發現它們往往是透過剪輯製造出來的。寫文章也一樣，透過對素材的選取、對呈現順序的調整，任何一件事，都可以寫出懸念感。

給代入，製造熟悉感

給代入的另一個說法，就是製造熟悉感。比如描寫一個普通人都很熟悉的情景，表達一種普通人都會產生的感受。

人天生會重點關注自己熟悉或者跟自己相關的事物。心理學上有一個「雞尾酒會效應」，就是說，如果你在一個各種聲音混雜的雞尾酒會上，無論現場多麼吵鬧，只要有人喊你的名字，你總能聽得到。它給我們的啟示是，人永遠對自己熟悉的東西敏感。所以，不管你寫作的主題是什麼，在文章裡都要刻意拋出讀者熟悉的問題，吸引他們的注意力，讓讀者感到你的文章跟他們有關係。

我寫文章時，有一套經常使用的大結構。第一步：製造一個讀者熟悉的問題，吸引關注。第二步：順著對方的意願，解釋問題發生的原因，來贏得對方信任。接下來就是很重要的第三步：開始夾帶自己的「私貨」，給出自己的觀點和對策。有了前面環節的鋪陳，此時就比較容易引發讀者的認同。

反向鋪陳，反轉預期

反轉預期就是顛覆讀者原有的預判，讓他出乎意料，這樣能讓閱讀體驗變得更加有趣。

很多有趣的段子都是反轉預期特別好的小文章。比如「我給你舉個例子，沒有例子。」這就有個反轉預期的效果。你期待接下來會有個例子產生，但是這時候我突然告訴你沒有例子，這就給你一種出乎意料的感覺，對吧？

我們平常在寫文章的時候，如何寫出反轉預期的效果呢？我給你舉個例子。

比如，你要寫你的丈夫是一個特別浪漫的人，對你做了件特別浪漫的事情，那麼在寫這樣一個主題的時候，我建議你最好在前面做好反向的鋪陳，比如你丈夫平常是多麼不浪漫，甚至加入他有點木訥的細節。而到最後，他做了一件讓你感到很浪漫的事情，就會讓讀者覺得「我的天哪，原來他可以這樣浪漫！」這就是反轉預期。

如果你想要反轉預期的效果更加明顯、更加強烈，那麼你的鋪陳就要更長、落差就要更大。你想寫一個人有多好，那麼你前面就要寫這個人有多壞。你想寫這個人有多卑劣，那麼我建議你在前文最好能寫寫之前他做過什麼高尚的事情。

如何有效提升文采？

談到文采，很多人可能會認為，好文采需要有飽讀詩書的功底，還要有信手拈來的天賦。這麼說也沒錯，但是飽讀詩書和信手拈來，其實是大師們才能達到的境界，對普通人來說，不需要把標準訂得這麼高。首先，我們來釐清一下什麼是文采。

關於文采，其實沒有一個很清晰的定義，但當我們說一篇文章很有文采的時候，一定是指它的語言帶給人審美上的愉悅感。我把這種審美上的愉悅感分為畫面感和音律感，分別對應「看」和「聽」這兩種人類最原始的接收資訊方式。

我們把透過感官直接獲得的資訊稱為形象化資訊，把需要在人的大腦中經過加工得出結果的資訊叫作抽象化資訊。形象化資訊比起抽象化資訊自然更容易被人接受，這也是為什麼看電視劇《紅樓夢》的人遠遠多於看小說《紅樓夢》的人。

我在前面寫道，閱讀其實是費腦力的活動。而對通俗寫作來說，好的作者，就應該以降低讀者的理解成本為目的。所以，想成為注意力寫作的高手，要盡可能為你的讀者提供容易接受的那一類資訊。

那麼要如何去做？記住三點，第一，語言盡量簡單化、口語化；第二，用文字營造畫面感；第三，用具體代替抽象。

技巧一：語言盡量簡單化、口語化

很多人覺得，書面語比口語更加高級。其實未必。前面我們說了，寫作是把網狀的思想線性輸出的一個過程，這個過程並不容易。我們看到大量語法結構複雜的書面表達，要不是作者本身希望保持自己的專業感、權威感，要不就是作者沒有下足夠的工夫，把自己腦海中的東西清晰化、簡單化。

要想讓句子簡單化，你只需要做一件事：修改。

你一定聽說過，好文章都是改出來的。在修改階段，重點是要改掉這幾種語法結構：一是過長的從句；二是多層的邏輯，比如雙重否定；三是連續的形容詞。上面三種情況，都很容易讓讀者為了尋找句子主幹而被迫放慢閱讀的速度，消耗掉他們的耐心。一個過長的從句，你要把它拆成幾個短句；多層的邏輯，要改成單層的邏輯；盡量不用連續的形容詞，如果去掉形容詞會丟失語意，那就打破句子原有的結構，重新安排一整句話。

短句跟長句相比，還有一個優點，就是容易有節奏感、音律感。想想我們平時說話，一般一口氣不超過十個字。記住，多用逗號，會讓你的文字節奏更加明快。

技巧二：用文字在讀者心裡畫一幅畫

既然人的大腦天生更容易識別具象化的東西，而不太容易記住那些抽象化的概念，那麼要想讓你的文字給讀者留下深刻印象，就要學會用文字畫畫。

具體做法上，我提供三個思路。第一，多用動詞、名詞，少用形容詞；第二，善於抓細節；第三，善於使用比喻。

首先來說多用動詞和名詞。先問一個問題：人類語言中是形容詞先出現呢？還是動詞和名詞先出現？

我相信是名詞和動詞，因為動詞和名詞是用來描述具體事物的；而形容詞描述的是抽象的感知，描述人類複雜的心理情緒，或描述事物的某種狀態，所以，形容詞是讓讀者理解成本更高的詞。

注意力寫作要求我們使用讓讀者理解成本更低的詞，在這裡也就是動詞和名詞。通常來說，只有初級的作者才會傾向用華麗和模糊的形容詞。高級的作者一定會克制對於形容詞的使用頻率，更多地使用名詞和動詞。

我舉一個經典的旅遊廣告文案，來說明如何巧用動詞和名詞，讓文字富有畫面感。

> 你做簡報時，阿拉斯加的鱈魚正躍出水面；你看報表時，梅里雪山的金絲猴剛好爬上樹尖；你擠進地鐵時，西藏的山鷹一直盤旋雲端；你在會議中吵架時，尼泊爾的背包客正端起酒杯，坐在火堆旁。

你看，這就是名詞和動詞不斷疊加使用的效果，沒有一個形容詞，但是它勾勒出了幾幅讓人無比嚮往的畫面。

說完了多用名詞和動詞，我們來說細節描寫。好的細節描寫就像好的材質和面料，賦予文字質感。細節描寫容易引發聯想，讓人產生代入感，甚至達到身臨其境的效果。

這裡舉一個作家汪曾祺寫美食的例子。為了說明高郵鹹鴨蛋比其他地方的鹹鴨蛋好吃很多，他是這麼寫的：

> 高郵鹹蛋的特點是質細而油多。蛋白柔嫩，不似別處的發乾、發粉，入口如嚼石灰。油多尤為別處所不及……平常食用，一般都是敲破「空頭」用筷子挖著吃。筷子頭一扎下去，吱——紅油就冒出來了。

你看，讀這段話的時候，高郵鹹鴨蛋是否彷彿就在你的面前，食欲都被勾起來了？

我曾經在一篇文章裡描寫吳曉波老師的瘦，我是這樣寫的：

> 身高一八三的他，因為瘦顯得腿更長，而上身那件淺灰色的Thom Browne襯衫在他身上多了一些空曠感。

我並沒有一直強調吳老師很瘦，而是透過描寫他服裝的細節，讓他的瘦更能被讀者體會到。

說完了細節描寫，再來看怎麼使用比喻。假如我們要描述一個人透過磨難變得堅強，一般人可能會說「他經過磨難之後變得特別堅強。」用「特別」去強調，雖然沒毛病，但寫法上太初級了。還有人會用複雜一點的修辭，比如「經過不斷的敲打和錘鍊，他有了鋼鐵般的品質。」這就用了比喻，用上了「鋼鐵」、「敲打」、「錘煉」這些比較具象的概念。但是依然不高明。

注意，使用比喻的時候，一定要避免陳腔濫調。陳腔濫調之所以叫作陳腔濫調，就是因為它被使用得太多，以至於讓人「無感」了。

看看這句話：「所有堅強，都是柔軟生的繭。」透過這樣的描述，堅強這麼一個抽象的概念就變得極富畫面感了。

技巧三：把抽象的概念具體化

不知道你有否發現，我們剛剛說到的比喻，其實就是用具象的事物去表達抽象的感覺。事實上，你還需要注意，當你表達一個抽象的概念時，最好把它還原成具體的事物。

小說家格雷安·格林的墓碑上，有這麼一句話：

我愛看的是，事物危險的邊緣。誠實的小偷，軟心腸的刺客，疑懼天道的無神論者。

這句話是說，一個好的故事應該是充滿戲劇衝突的。這個道理說起來很簡單，也很平淡，但是，這句話卻被廣泛引用。為什麼？因為這句話本身足夠動人，它把「戲劇衝突」這個抽象概念，透過具體的例子生動地表現出來。而且，它還連續用了「危險」、「邊緣」、「小偷」、「軟心腸」、「刺客」這類能帶來感官和心理刺激的辭彙，讓這句話更富表現力。

所以你在寫作的時候，也要善於利用那些本身容易帶來感官和心理刺激的辭彙，把抽象的概念「刻」在讀者的腦子裡。

提升文采的過程，也是鍛造語言的過程，離不開反覆推敲打磨。賈島詩云「兩句三年得，一吟雙淚流」，正是對此的絕佳寫照。

我們普通人寫文章，雖然不至於用「語不驚人死不休」的標準要求自己，但平時練習，一定要多留意、比較別人文章中精采的語句，琢磨為什麼寫得好，有哪些意象或技巧可以為我所用。寫完了再反覆修改、推敲，多花點兒笨功夫，就能慢慢進步。

・・・如何修改，讓文章更有光彩？

有時我們得到一個靈感，覺得妙不可言，興沖沖寫完後，隔天再看，卻怎麼看都覺著平淡——詞不達意，結構鬆散，自以為很讚的觀點一旦被寫下來，又顯得沒那麼出色，於是很有挫敗感。

美國記者、普立茲獎獲獎者萊恩・德葛列格里說：

有時，認清自己的初稿是一件傷心事。你已經一點點推進，很仔細地寫，在紙上寫出了漂亮的句子和出奇的意象，創造了正確的氛圍，結果還是狗屎般的初稿。但這不要緊，你還有時間修改。

是的，好文章是改出來的。即便那些天才的作家，修改文章也是不厭其煩。我們普通人寫作，哪能指望「一步到位」呢？

當你通讀自己差強人意的初稿時，不要忘記接下來才是最艱巨的工作。修改時要考慮如下幾個方面：

・想寫的東西表達清楚了嗎？

・語氣是否合適？
・資訊完整嗎？有沒有漏掉什麼重要的資訊？
・故事案例是否真實可信、吸引人？
・邏輯是否有問題？觀點表述是否簡潔有力？
・有沒有錯別字、標點錯誤、文法錯誤？

修改文章就是修改思想

修改文章最重要的是釐清你跟自己的關係：你到底想要說什麼？你想怎樣暴露自己？這就需要不斷重讀作品，以便洞察自己心智活動的痕跡——哪些地方原本可以「快進」，卻因為一時情緒激動而嘮叨不停；哪些地方本應深入探討，卻因為沒有深度思考而寫得潦草。

舉個例子。你畢業十年後參加同學聚會，看到當年其貌不揚的人如今在世界五百大公司做高階管理，還有幾個「學渣」創業後年入千萬，反觀自己也就在普通公司混到初級管理層，於是有感而發，回家就想寫篇文章，談談有哪些因素影響著一個人未來的職業發展。

藉著酒力一口氣寫了三千字，自我感覺良好，該講的都講了。熄燈睡覺。第二天早起修改，問題來了：前面一千字在講別人的故事，某某同學原來怎樣，現在如何，舉了一堆例子。中間一千字開始巴拉巴拉講起自己的故事。終於挨到結論部分，你發現——根本沒有結論！只是一堆「悔不當初」的自嘲和吐槽，沒有及早轉行跳槽、錯過了多少風口之類的。

來回讀了幾遍，你發現問題主要出在三個方面：一是本末倒置，沒想好結論部分要表達的觀點，就急著寫故事、聊細節；二是情緒激動，回憶描寫等刹不住車，寫的時候還自我安慰，既然是做對比嘛，橫向、縱向都要比較一下，於是寫完別人的故事，又侃侃而談自己的例子；三是扯得太遠，離題了，本來是想分析一下影響職業發展的要素，結果寫成了榮譽榜加檢討書，自己寫痛快了，可跟讀者有啥關係呢？

某種程度上，修改文章就是修改思想。當你思路不清晰，或想法走偏了，謀篇布局、遣詞造句等一定也是凌亂鬆散、東拉西扯的。對此，你需要不斷重讀文章，檢視思考過程的瑕疵，矯正思維，才能理順邏輯結構和表達方式。

培養良好的語言習慣

至於字詞的推敲、語句的修改，推薦一個好方法：念出來。

自己寫的東西，老在螢幕上看，因為你對內容已經非常熟悉，再怎麼看也不容易看出問題來。不如換個方式，逐字逐句大聲念出來（不方便的話也可以在心裡默念），這樣之前沒注意到的地方，比如上一句跟下一句的連接不暢、詞語拗口、句子太長等，馬上就能聽出來。

現代作家、著名教育家葉聖陶先生說：「語言是有聲無形的文章，文章是有形無聲的語言。」又說「文章要能看也能聽。」我深以為然。寫作是用文字說話，跟我們日常交流一樣，也講究妥帖流暢。讓耳朵充當審判官，聽起來入耳，讀起來多半也是悅目的。

要訓練耳朵對內容的敏感，要注意培養良好的語言習慣。如果一個人平時說話就喜歡東拉西扯，囉哩囉嗦的，寫文章多半也是這樣。

日常與人溝通時，要有意識地訓練自己說話時的簡練度、條理性。比如能用一句話說明白的，別用幾句話說；每說一句，要讓別人明白你的意思，不能前言不搭後語；少用「呃」、「啊」、「這個」、「那麼」之類的詞。

修改的原則：不自誇，也不自責

文章改到何種程度才算改好？

回到本章開頭，以「東家之子」做比的話，不管旁人如何看，我認為，修改時要自我感覺到了「增之一分則太長，減之一分則太短；著粉則太白，施朱則太赤」的程度，才算差不多了。

需要提醒的是，當你寫完文章發給一百個人看，也許會得到一百種意見。對初學者來說，如果沒有強大的自信，愈是謙虛謹慎，愈覺得這個人說得不錯，那個人的意見也有道理，容易糾結，舉棋不定。因此，我不建議把初稿發給太多人看，這樣會打亂修改節奏，降低效率。

即使對方是你的專欄或圖書編輯，也要先把文章改到自己滿意，覺得改無可改了，再發給對方。這有兩個好處：

一是尊重別人的時間和精力。總等著他人提建議，寫作時就會馬虎隨意。要知道編輯也很忙，如果每次收到的都是馬馬虎虎的文章，增加了對方的工作量不說，還會對你產生不太好的印象。

二是能相對理性、冷靜地面對批評。好文章沒有固定標準，公開前確認自己已傾盡全力，這樣當別人提出質疑時，你不至於立馬喪失自信，或陷入懊惱自責的情緒，「我也這麼覺得，本來可以改得更好的……」

修改時，一定要誠實面對自己的內心、面對還不成熟的作品。但也不要過分挑剔，對自己嘮叨個不停。

有位作家說得好，「一味地指責和漫無原則地自誇都對你無益」。提筆的時候，自我懷疑、否定會扼殺我們的寫作靈感和激情，在修改階段也是如此。要嚴格要求自己，也要善待自己，努力發現、解決問題，同時辨明自己的優勢，肯定並放大之，如此才能揚長避短，寫出你的風格與自信。

·第五章·

如何寫好一個故事？

在資訊時代，事實是非線性的……複雜世界中，誰說的話有道理，誰講的故事好聽，人們就選擇聽誰的。如果你仍然想用線性分析和事實去說服其他人，你講不明白，也不可能講明白。

——《說故事的力量》作者　安奈特·西蒙斯

寫文章不能只講大道理，那樣乾巴巴的沒人看。我們需要用故事做引導。

假設你要以犯罪案件為主題寫一篇文章，你打算如何開場？美聯社通訊記者提姆·達伯格是這麼做的：

起初他們以為那是一個被燒黑的玩具娃娃，身上依然覆蓋著一點紅、白、藍三色的嬰兒服。它筆直坐著，僵硬的手臂向前伸著，彷彿想要觸及天空。

在廣闊的歐倫牧場外的深溝裡，艾倫·凱斯勒首先發現了它，溝裡是一台破電視和其他報廢品。他騎馬經過，幾乎要到深溝另一頭了，這時騎在他身後的兒子大聲喊出來。

「爸爸，這是個嬰兒。」

「這只是個玩具娃娃，」凱斯勒回答，「你趕緊穿過草坪去集合小牛。」

「不，不，這是個嬰兒。」

臨近黃昏，陽光投下斜長的影子，凱斯勒下馬，與牧場工人羅伯特·格林一起，走向這個小東西。他不相信地看著格林，後者從口袋裡掏出一支鋼筆，碰了碰它閃光的、燒黑的臉。皮膚凹陷，液體流了出來。

凱斯勒奔回牧場去叫警長。

這是一九九〇年十月九日，將近六年後，人們才知道這嬰兒的名字，以及她如何到了這荒涼的地方。

作者用對話與視覺化的細節，緩慢而克制地講述了受害人是如何被發現的故事。也許你在讀到這些文字之前，正在吃早餐，或是跟朋友聊天。看完這段開場，相信你的反應跟我一樣：心跳加速，眼睛瞪圓，身體前傾，停止說話，屏息靜氣想要一口氣讀下去。

卡夫卡說：「書必須是鑿破我們心中冰封海洋的一把斧。」故事也一樣，飽含情感色彩與感官細節的故事，能深入讀者內心深處，讓讀者的注意力被牢牢吸住。

故事，以情感為線索的事實

每個人都需要故事。研究顯示，人類的大腦從幾萬年前就適應了講故事的方式。

小時候，我們都愛聽睡前故事，《白雪公主》、《小紅帽》、《三隻小豬》等童話，用最簡單生動的文字，教給我們生活中一些最重要的事。

上學時，從武俠小說到世界名著，那些充滿想像力、戲劇性的故事，讓我們得以一窺成人世界的遊戲規則，建立起對這個世界的懵懂認知。

現在，我們的閱讀載體已經從紙本書變成了串流媒體，長篇大論的道理一晃而過，但故事永遠深入人心。不信你看，很多人買回一堆書，大部頭的學術專著往往被束之高閣，翻得最多最快的還是那些小說隨筆。因為跟故事相比，資料理論等未免艱澀難啃，認知成本太高了。

故事便於記憶。有一種記憶的方法叫作聯想記憶法，就是把毫無關聯的詞語，透過聯想編出一個故事，再來記憶就容易很多。故事也便於傳播，因為故事更貼近人，比冰冷的道理更有溫度。尤其對注意力寫作來說，要讓讀者在閱讀時拋開雜念，專注於文章內容，講故事是最簡單有效的方式之一。

想像一下，讀者在看一篇文章時，頭腦中一定存在著很多雜亂、零散的思想，其中多數與這篇文章的主題並不相關。即使他們知道文章內容對自己有價值，也要努力摒除各種情緒、雜念的影響（更別說周遭環境的干擾了），才能把心思放在閱讀上。

還有一種情況是，讀者腦海中有些先入為主的思想，和你想表達的觀點截然相反。如果不能把讀者的視線和注意力「留」在你的文字上，就無法說服他們接受你的思想。

而講故事，至少有這兩個優勢：

用故事介紹自己，以獲取信任

我經常在文章裡寫自己的故事。最早是寫我在香港的工作生活，創業後又開始寫我在不同城市、場合遇到有意思的人和事，藉此分享我對金融職場等的思考。

這麼做一來是因為寫自己的生活、自己的故事更有心得和把握，寫作時心態是比較放鬆的；二來也可以讓讀者從不同側面了解我，看到我取得的成績、走過的彎路，雖然隔著手機螢幕，但讀者面前的我，是有血有肉，立體鮮活的。

寫自己的故事，是獲取信任的捷徑。你有過那種在高大上的報告會議中，聽得昏昏欲睡的經歷嗎？主講人的頭銜再光鮮，如果他只是報菜名一樣地說出自己的履歷，碰巧你對他所在的領域不太熟悉，大概也只能在臉上掛出高山仰止的表情，內心卻波瀾不驚，因為你實在聽不懂也搞不清，這麼厲害的人，和你的工作生活有什麼交集。

如果對方換種方式，把他的背景、優勢裝進一個故事，介紹自己如何用專業知識幫助客戶解決了某個難題，那麼他設定的情景、描述的細節、提出的方案等，就會吸引你開始思考，在你的生活中會不會發生類似的事情？透過他的故事來了解其專業背景、經驗能力，比簡單地貼標籤更有吸引力。

寫文章也是如此。當你向讀者介紹自己時，類似「我畢業於哈佛大學，就職於世界五百大公司，走過全球一百個國家，跟周圍人相處融洽，每年業績都是部門第一」的陳述，也許會讓人眼前一亮，覺得「作者好強」，但也就這樣了。而且，老是泛泛地秀履歷、曬成績，很可能招致反感、懷疑。

要想讓別人欣賞你，先要讓他們相信你。更好的做法，是把所有這些成績裝進屬於你的成長故事。可以從生活中的高點（或灰暗）時刻談起，展示你是怎麼面對問題、做出選擇的。鎖定一兩個情境，表達盡量簡潔、具體，讓讀者看到你的所作所為，自己判斷「你到底是個怎樣的人」，而不是把結論強推給他們。

用故事連結他人，以更好地說服別人

將故事思維應用於商業領域的先驅、美國作家安奈特．西蒙斯說：「在人的頭腦中，以情感為線索串起一系列的事實，這便是故事。聽眾沿著這個線索，形成了自己未來的思想，這就是你影響別人思想的過程。」

從心理學角度來說，當你準備拋出一個有悖常識的觀點時，最好先提供一些讀者肯定會認可的資訊作為鋪陳。先把讀者拉到自己身邊，再解釋可能有爭議的部分，他們會聽得更仔細，更容易接受你的不同意見。

你的經驗、你的故事是什麼不重要，重要的是和讀者有什麼關係。可惜我們多數時候都會把注意力放在跟自己有關的事情上。要解決這個問題，可以講一個你跟讀者都知道或熟悉的故事，比如一些經典電影或暢銷小說中的情景，這樣就能確保讀者有這方面的背景知識，能夠更順暢地理解你要表達的東西。

有人說，道理只能贏得辯論，故事可以收服人心。其實，真正的演講或辯論高手，也是講故事的能手。講好一個故事，可以賦予冰冷的資料或殘酷的事實一點溫情，讓人產生情感上的共鳴，加深對你的觀點的理解。

舉個例子。如果你的孩子單純善良，容易輕信別人，你可以不厭其煩地告訴他：「要警惕那些別有用心的人，保護好自己。」也可以拿出繪本，給他講個《小紅帽》的故事。

我相信後者的效果會更好。因為孩子在聽故事時，會把自己代入故事中的情境，愈是充滿戲劇性、吸引人的故事，愈能激發他的想像力，產生緊張、恐懼、開心等各種情緒。當孩子在故事中體會到上當受騙、差點兒被吃掉的感覺，以後再遇到陌生人，這個故事就會自動從他的腦海中跳出來，提醒他要當心。繪聲繪色給孩子講一個故事，勝過苦口婆心說一百遍道理。

故事是開啟讀者心門的一把鑰匙。要讓他們轉變想法，先要確保你們之間關係融洽。當你用對方熟悉和認可的故事，將溝通關係由「對抗」轉為「對話」，就能消除先入之見或負面情緒的影響，做更加理性的「交談」。

寫故事要注意的三件事

我們從小就喜歡聽故事，也或多或少知道應該怎麼講故事，但輪到自己寫故事的時候，拿起筆又不知道怎麼辦了。

一個看似矛盾的地方在於，在累積故事素材的時候，我們必須放棄一切控制，以開放的心態去吸取盡可能多的資訊；可是等到開始寫作，又必須對所有素材進行控制，用精簡又有條理的語言表述出來。

寫作故事的技巧有很多，在此分享三個我認為非常重要的原則，也是初學寫作者需要重點關注的。

情感真實

近半個世紀之前，美國小說家菲利普・羅斯有過一番感慨：「我們現在生活在這樣一個年代裡，任何小說家的想像力，在次日早上的報紙面前都倍顯無力。」弔詭的是，現實生活愈來愈像一齣齣八點檔，充滿各種匪夷所思的荒誕劇情，而創意寫作者卻要絞盡腦汁，讓筆下的虛構故事看起來更真實。

當傳統紙媒從業者轉戰新媒體，新媒體作者開始學習用類似敘事新聞的方式寫故事，虛構與非虛構的界限，已日漸模糊。對讀者來說，只要新聞報導還能秉持一貫的真實、客觀、嚴肅，散見於網路媒體的大小故事，情節、細節等是否真實，或許已不是衡量文章價值的頭等要素。

當然，這並不是說，我們在寫作故事時可以把真實性扔到一邊，信口開河。而是指我們在設計故事主題、構思故事框架、琢磨文字風格的時候，不妨把重心放在我們想要表達的思想和情感上，圍繞它去尋找、組織事實，以建構有感染力的故事。

跟事實相比，故事是複雜、多面的，能給人豐富的聯想。哪怕是僅有一句話的短故事，也囊括了時間、地點、人物、事件等要素，當它們被組裝在一起，就具有了超越事實本身，乃至超越講述者主觀意圖的生命力，能在讀者的思想中發展並成長。每個人都會基於已有的經驗判斷，給出自己的解讀，有時這種解讀甚至會跟事實有出入。

所以你看，很多寫故事的高手其實並非「破案」專家，而是心理學大師，他們深諳人性的痛點與弱點，努力在作品中追求「情感真實」，而非「事實真實」。讀者一旦被戳中，就會被某種情緒引導著接受他們的敘事邏輯。有了這樣的基礎，事實是否真實，也就沒那麼重要了。

對故事寫作而言，比起事實真實，更重要的是情感真實。否則就很難解釋，為何那些充滿奇思妙想的童話寓言故事能夠深入人心，傳誦至今。很多經典的文學作品，不管情節多曲折、荒誕，讀起來卻一氣呵成，沒有堵塞感。

要做到情感真實，首先要確保創作的故事內容是作者發自內心的情感流露。在作品人物身上傾注自己真實的情感，用嚴肅、誠懇的態度駕馭故事情節的發展，否則就像穿著不合身的衣服去跑步，自己不舒服，別人看著也很奇怪。

其次要注意區分「滿懷情感的文字」與「刺激情感的文字」，二者不是同一回事。就像你聽別人講故事，他聲淚俱下，你卻不一定感動得起來；可是當他平靜地講述一個悲傷的故事，你反而容易被勾出眼淚。

所以你在寫作時盡量不要把痛苦、快樂的情感直白地寫出來，而是要用「第三方視角」冷靜地思考，你的文字究竟能不能引發讀者同樣的情緒。如果把自己感動得稀里嘩啦，讀者卻沒感覺，多尷尬。

表達克制

《紐約客》專欄作家蘇珊・奧爾良說過這樣一段話：

開始寫作後不久，我就意識到自己是很狡猾的，會想出很多噱頭讓作品看起來花哨。當我逐漸成為一個成熟的作者，並且更自信之後，我開始丟掉起先錯以為是自己風格的部分，回歸到更簡單的風格。

這段話點醒了所有的故事創作者：不要為了展示你的才華和想像力，或僅僅是為了直抒胸臆，就把一些華而不實的東西堆砌在你的故事裡。

那些「花哨」的內容，包括繁複的修辭、細膩的描寫、冗長的對白（或內心獨白）等，分散了讀者的注意力，拖慢了閱讀的節奏。而這些正是很多初學寫作者容易犯的錯誤——覺得故事寫作不受篇幅局限，有更多施展的空間，不妨敞開了寫，把所有想表達的都「扔」到裡面。

寫故事要有服務意識，你如實表達自我，也要確保讀者同樣享受這個過程。據說現在即便是寫長篇小說，也要在四、五頁之內抓住讀者，恨不得每兩頁有一個轉折。如果你不是在文字技巧上功力了得，故事又講得拖沓乏味，誰還看呢？

故事寫作，同樣是有關「克制」的藝術。很多時候，難的不是素材不夠、無話可說，而是如何對翻湧到腦海中的各種意向、思路做取捨。對此，日本作家村上春樹回憶最開始寫小說的經歷時，分享了一個奇特的思路。因為是第一次寫小說，完全不知道當下流行怎樣的題材，也不知道從何寫起，村上先生決定「徹底改變思維方式——暫且放棄稿紙和鋼筆」。

如果眼前就有鋼筆和稿紙的話，無論如何難免會偏「文學性」的方向。於是我把藏在壁櫥裡的Olivetti英文打字機拿出來。用那個打出小說的開頭……當然，我的英語作文能力可想而知，只能使用有限的少數單字，寫出結構有限的少數文章。句子當然也很短。不管腦子裡擁有多少多麼複雜的想法，都實在無法照那形式表現出來。只能把內容盡量改成以簡單的語言來說，把意圖轉換成容易理解的說法，描寫時盡量削掉多餘的贅肉，縮小整體型態，以便放進空間有限的容器裡。

這種「用外語寫作」的有趣實驗，讓村上先生對寫作這件事茅塞頓開：

日本語的各種詞彙和各種表現就如目錄般塞得滿滿的。因此當我要把自己心中的感情和情景化為文章時，這些目錄就會忙碌地來回移動，在系統中有時會發生撞車。但以外國語寫文章時，因為詞彙和表現有限，反而不會有這種情況……就算詞彙和表現數目有限，如果能有效組合的話，由於搭配運用方式的不同，其實感情表現、意思表達都可以發揮得相當巧妙。換句話說就是「不需要用困難的詞句也可以」、「不必用美麗的表現手法也能感動人心」。

等到掌握了屬於自己的寫作節奏後，村上先生就把英文打字機收回壁櫥，重新拿出紙和筆，把自己寫下的英文段落「翻譯」成日語。「說是翻譯，倒也並非死板的直譯，不如說更接近自由地『移植』。」如此一來，竟也找到了自己獨創的新文體和風格。

雖然劍走偏鋒，但對初學者來說，用外語寫作的確能剔除很多雜念的干擾，化繁為簡地去整理思路。少即是多。你看那些高手、大師之作，一般都是理解成本很低，情感濃度很高，簡潔有力，回味無窮。

所以，你在寫作故事時也要學會減法，不管是情節、人物，還是修辭、對話，都要為故事走向、主旨思想服務，寧缺勿濫。不斷練習，找到自己的節奏，盡量用最少的詞語傳達最多的資訊。

相信市場，而非靈感

之前我提到，寫作時過於依賴靈感，會讓你找不到狀態，很可能什麼都寫不出來。而對故事寫作來說，「跟著感覺走」的後果就更嚴重了。對此，好萊塢劇作家、著名的編劇教練羅伯特·麥基是這麼說的：

經驗豐富的作家絕不會相信所謂的靈感。靈感往往只是從你頭頂上摘取的第一個想法，而在你頭頂上趴著的是你所看過的每一部電影、讀過的每一部小說，它們所提供的只是可讓你滿把抓撈的陳腔濫調。

當你構思一個故事，為其設計人物形象、場景時，那些不費吹灰之力就出現在頭腦中的東西，多半只是你見過類似作品的倒影。它們也許很經典，讓你印象深刻，但你再這麼寫，就陷入了同質化的漩渦，再精采的設置也會顯得平淡、乏味。

真正的靈感來自一口更深的源泉。需要發揮想像力，去尋找尚未被開墾的處女地。它不一定是前所未聞的全新故事（這太難了），但你可以透過塑造多樣化的角色、顛覆傳統敘事結構等，來打破讀者的固有認知，達到「和而不同」的目的。

為此，你需要大量閱讀別人寫的故事，以免除讓你沾沾自喜的好創意而別人早就寫過很多次的尷尬。你還要拿起放大鏡，以解剖學家的精神去研究那些好故事和不太好的故事，分析它們成功及失敗的原因，這些都是你實現創新、超越前人的重要基礎。

你還要深入生活，如美國記者萊恩．德葛列格里所說：「我們睜開眼睛，豎起耳朵，不再勢利，見識到以前我們沒聽全的事，憑誠實的好奇去見識更廣闊的世界——這時故事湧現了。」

為了對你獲取的素材、你的創意做驗證，要多跟專家請教，和朋友或同行討論，提前從讀者和市場面搜集回饋，比你一廂情願地閉門造車管用多了。

接著分享一個因重視市場回饋而創造奇蹟的案例。

傑克・坎菲爾是暢銷書《心靈雞湯》系列的責任編輯之一，他在回顧該書的編纂過程時說：

當我們編輯第一本《心靈雞湯》時，我們是想做這樣一本書：它能用一些令人難忘的故事打動讀者、啟發讀者。當時我們已經收集了很多故事，但我們想從中選出對讀者最有價值的故事。要怎麼選呢？透過讀者回饋！

我們選出了一個四十人的小組，讓他們從七分到十分來給每個故事打分數。十分是那種會讓讀者起雞皮疙瘩的好故事；九分表示故事講得很不錯，能讓讀者開始思考很多事；八分是指故事還不錯，但缺少情感上的衝擊；七分表示效果平平。我們給每位試讀的讀者都寫了一封信，向他們解釋這個回饋流程，同時告訴他們，要由他們來決定最終的成書能否感動其他讀者。我們還建了一個Excel表格對回饋進行平均值統計，它能反映出對於每個故事，讀者會有怎樣的感受。

我們用這種方式對兩百五十本《心靈雞湯》進行了統計。如今，這個系列已經印刷超過了五億冊，我堅信如果沒有讀者的回饋，這一切都不可能發生。無論是誰，要寫什麼，打算寫給誰看，這都是相當重要的。

據說有些出版社在推出比較重要的圖書之前，也會製作試讀本投放到市場中，接受媒體和讀者檢驗。這對市場預熱及試錯頗有好處。如果試讀的人與你的潛在讀者十分相似，那麼經由他們的回饋而調整改進的內容，最終肯定能夠打動你的讀者。

故事結構設置的三要素

關於寫作，有「鳳頭，豬肚，豹尾」一說。意指文章的開頭要像鳳頭一樣精美，引人入勝；主體部分要充實，有理有據，像豬肚；結尾則要像豹尾一般，簡潔有力，又有平衡感。這對故事寫作也是適用的。

用懸念、衝突，建構吸引人的敘事結構

有一次我在北京和幾個做影視編劇的人吃飯，對方談道，好的故事結構一定是充滿懸念，充滿衝突，充滿阻力，充滿對比，充滿轉折。我覺得非常有道理，我用這幾個標準去套我們認為好的劇情和文章的時候，發現真的是這樣。

如果你看過電視劇《歡樂頌2》[6]，一定記得第一集剛開始時有個場景：安迪躺在床上，打開手機聽著曲筱筱、關關、樊大姐的語音，睡眼惺忪。突然她發現床邊的被子有些鼓起，好像有人睡在她旁邊。她緊張地、小心翼翼地慢慢掀開被子，驚恐地發出了尖叫……

這時，鏡頭戛然而止，沒了。不告訴觀眾被子裡的人是誰，而是將鏡頭切換到三個月前，安迪和小包總度假時的場景。

此時，作為觀眾的你是不是一臉迷惑，並充滿好奇。老天，怎麼不給鏡頭啦？被子裡的人是誰呀？由此，後面的劇情哪怕拖沓、哪怕無趣，開頭的那個懸念，已經在觀眾心裡種下了一顆種子。這顆種子，有很大機率能夠讓觀眾不離開座位、不轉台，更有可能把故事看完。

寫文章，也是一樣。能不能在故事中設置懸念，使讀者的注意力不被其他事物遷移、心裡被你種下種子，考驗著作者對人性的體察，以及對細節、情節的操控能力。

懸念最好設在故事的開頭，它就像一首歌曲的第一個音符，引人注意，也為整個故事的鋪展定好了調性。

傑茜卡·布拉德福德認識五個被殺死的人，這本來可能發生在自己身上，她說。所以她告訴父母，如果她在六年級舞會之前被槍殺，她希望能穿著舞會禮服下葬。

傑茜卡才十一歲。在她五年級那年，就已經知道她要在自己的葬禮上穿什麼。「我覺得我的舞會禮服是所有衣服中最漂亮的，」傑茜卡說，「我死後，我希望為爸爸媽媽穿得美美的。」

在被編輯退稿數次後，德內．布朗最終給自己寫的故事選擇了這樣一個開頭。它充滿懸念，也具有強烈的對比造成的衝突刺激：這個小女孩身上到底發生了什麼？在有可能被槍殺的情況下，卻如此鎮定地規劃自己的葬禮？她才十一歲啊，到底是誰會做出如此殘忍的事情？

在作者平靜的敘述下，接下來你將看到在槍火下生活的孩子不同版本的人生故事。用對比製造衝突刺激，也是寫文章特別能夠吸引讀者注意力的方式。因為衝突是推動故事情節發展的要素，波瀾不驚的生活雖然真實，但未免太平淡了。

好的故事衝突必須帶有引發讀者提問，想要一探究竟的因素。如果讀者的內心反應是，「哦，問題還挺嚴重的，但那又怎麼樣呢？跟我有什麼關係呢？」那就糟糕了，說明他們根本不關心故事接下來的進展。無法刺激讀者繼續閱讀的衝突，是失敗的衝突。

6《歡樂頌2》改編自阿耐同名小說的中國電視劇，描寫五位住進歡樂頌小區的女性，她們各自的過往與彼此交集的故事。

用張弛有度的描寫來建構場景，渲染氣氛，刻畫人物

文學創作離不開描寫。描寫有三大要素：場景，氛圍，人物。所有的故事都圍繞著這三個要素展開：什麼樣的人物？在哪裡登場？目前處於何種狀態？作者需要透過描寫逐一解釋清楚。

初學寫作者的問題在於，總是想要盡可能地在故事中塞入更多資訊，以便讀者充分了解自己，於是不厭其煩地描寫故事背景、人物心情等，無論什麼場景都是濃墨重彩。

比如，主人翁在餐廳約見一位重要客戶，入座後交流了十分鐘左右，就接到一個緊急電話。

這幕故事中，最重要的資訊是這個電話，而不是這家餐廳，也不是眼前這位客戶。然而，沒經驗的作者常會忍不住對那些無關緊要的事物進行詳盡的描寫，比如餐廳內豪華的裝飾、侍者周到的服務、客戶優雅的舉止等，認為這些細緻的描寫能讓故事看起來更真實，讓讀者有代入感。

事實上，如果不加區分地描寫場景中出現的所有事物，就沒了重點，讀者不知道其中哪些才是推進情節發展的關鍵要素。在這個場景中，如果跟電話內容有關的是這位客戶，可以把描寫的重心放在此人的容貌舉止上，而對餐廳環境一筆帶過，這樣才能用文字引導讀者去關注他們應該留意的內容。

這也就是我們常說的，描寫要有濃淡之分，張弛有度，以突出不同場景中最重要的

事物。有的作者也許心裡清楚這一點，但拿起筆又變得頭腦發熱，尤其在描寫自己非常熟悉的場景、比較喜歡（或反感）的人物時，容易滔滔不絕，剎不住車。

還有一種情況，是在應該對細節展開必要的描寫時，忘記寫了。

比如，盛夏的午後，男一與男二在校園籃球場上發生了爭執，扭打在一起。

這幕場景中，在著力描寫兩人如何起衝突，又如何開打之前，作者很有必要對天氣狀況和周遭環境做一番描寫，否則讀者就會納悶：天氣這麼熱，怎麼不在教室待著，跑去球場幹什麼？在學校裡鬧出這麼大動靜，沒有旁觀者嗎？怎麼半天不見一個勸架的？……只有把背景交代清楚，人物的活動才顯得合情合理。

描寫時，對場景、人物、氛圍所占的篇幅比例沒有硬性規定，關鍵是張弛有度，不能為了突出其中某一方面而隻字不提其他兩方面，否則作者寫過癮了，讀者卻滿腹狐疑，就會在邏輯嚴謹性上留下敗筆。因此，要養成從多重角度分析事物、從正反兩方面考慮問題的習慣，趕在讀者發問之前設想各種可能性，給出必要的交代鋪陳，才能自圓其說，讀起來才能順暢不突兀。

描寫要言之有物，盡量用簡單的語句傳遞豐富的資訊。請看這段：

> 又一次我到小菜場去，已經是冬天了。太陽煌煌的，然而空氣裡有一種清濕的氣味，如同晾在竹竿上成陣的衣裳。地下搖搖擺擺走著的兩個小孩子，棉袍的花色相仿，一個像碎切醃菜，一個像醬菜，各人都是胸前自小而大一片深暗的油漬，像關公領下盛

鬍鬚的錦囊……

張愛玲在〈中國的日夜〉中的這段話，描寫簡練，文字素樸，意象卻很豐富。寥寥數語，市井生活的塵俗習氣便撲面而來了，讓人過目難忘。

結尾，給讀者製造驚喜的最後一次機會

結尾是一篇文章的末尾，是文章「完了」但又「沒完」的地方。就像聽音樂，讓人聽到最後一拍還能餘音繞梁，三月不知肉味，才是好的結尾。

結尾的基本功能在於向讀者傳達文章要結束了的信號，強化文章的核心要點，在激起讀者共鳴之後，順理成章、自然而然地收束全篇。因此，即便你想設置一個有懸念的開放式結尾，也要先對之前埋下的所有伏筆做出必要的解釋，然後才能這樣做，不能讓讀者看完整個故事還是一頭霧水，那就變成了虎頭蛇尾。

好的結尾，能帶給人藝術上的美感與情感上的回味。明代文學家歸有光在其散文〈項脊軒志〉中，以介紹他青年時代的書齋項脊軒為線索，追憶了已故的祖母、母親、妻子三代人，表達了對親人的懷念。文末幾段在講述他的妻子與項脊軒的淵源後，結尾是這麼寫的：

庭有枇杷樹，吾妻死之年所手植也，今已亭亭如蓋矣。

表面看來講的是枇杷樹，實際是藉樹的生長，表達歲月變遷、物在人亡的感慨，情真意切，給人聯想和回味的空間。

好的結尾，可以是一個生動的場景或細節（帶有隱喻色彩）；一個經過驗證、令人信服的結論或金句；一段與文章主旨密切相關的精采的奇聞逸事。也可以跟開頭呼應，用這種對稱性來實現文章的完整「迴圈」。

讀過〈金鎖記〉的朋友，大概還記得張愛玲筆下「三十年前的月光」吧。整部小說中共出現六次對月亮的描寫，營造出模糊、殘缺、哀傷的氛圍，推動著故事情節的發展。

開頭是這麼寫的：

三十年前的上海，一個有月亮的晚上，我們也許沒趕上看見三十年前的月亮……然而隔著三十年的辛苦路往回看，再好的月亮也不免帶點淒涼。

結尾則是這樣：

三十年前的月亮早已沉了下去，三十年前的人也死了，然而三十年前的故事還沒完——完不了。

結尾的月亮，既渲染了主人翁生命的謝幕，也呼應了開頭的「淒涼」，使整個故事氛圍更加憂鬱蒼涼，意味深長。

美聯社國際寫作指導布魯斯．德席瓦說：「結尾是你把小說的主旨釘在讀者的記憶中，並讓他回想數天的最後一次機會。」當你努力向讀者描繪你的故事從何而來，也該用同樣的力量告訴他們故事將去往何處。用一個精采的結尾把故事主旨釘在讀者腦海，就像往平靜的水面上扔一個石子兒，漣漪所至，就是故事的魅力所在。

·第六章·

如何訓練你的邏輯思維？

文章不但應該做到能清楚地表達你的思想觀點，而且能讓讀者在接受你的觀點的過程中感到愉悅。

——《金字塔原理》作者　芭芭拉·明托

威廉・明托教授在談及文章編排時，說過這麼一段話：

寫作時，你好像一位指揮官，指揮著千軍萬馬，排隊通過一道每次只能通行一人的狹隘關口；而你的讀者則在另一邊迎接，將部隊進行重新編隊和組織。無論主題多麼龐大複雜，你只能以這種方式表達。

寫作是用文字來交談，不像面對面說話，可以借助表情、手勢等身體語言來輔助我們表達。不論你有多麼充沛的情感、多麼絕妙的想法，如果不能透過結構的編排、措辭的選擇，準確傳達出來，讀者就沒法正確理解你的意圖、感知你的情緒，導致溝通失敗。

所以我一直強調，文章的邏輯性比文采修辭更重要。語言平淡，別人就算無感，但還是能明白你的意思。思維混亂，人家根本不知道你在說什麼，那真是一臉迷惘啊。

所有表達問題，追根究柢都是邏輯問題

邏輯，就是文章的條理。文章邏輯清晰的人，做事情往往也思路清晰，有條有理。

先看這個例子：

昨晚參加大學同學組織的畢業十週年聚會。先是在一個同學開的私房菜館聚餐，飯後又殺去唱卡拉OK，折騰到家已經半夜十二點了，在社區門口吃了碗麵，好香。進門倒頭就睡，好累。

組織這次活動的是以前班裡最不起眼的一個同學，當年就住我隔壁宿舍，成績一般，挺木訥的，沒想到多年不見，竟當起老闆開起飯館。餐廳裝潢很讚，菜品也有特色，「北漂」多年，很久沒吃到如此地道的家鄉菜了。據說生意很好，果然不是徒有其表。

A是我們的班花，當年那麼多人拜倒在她的石榴裙下，結果花落C家。C在學校裡除了吹牛，就沒有別的本事了。這麼多年過去，死性不改，飯桌上裝腔作勢的場面話張嘴就來，時不時就要得瑟幾下，也不知道A到底看上了這傢伙哪一點，畢業後居然沒分手，還死心塌地給C生了兩個娃。

不知不覺，工作已經十年。在職場上摸爬滾打，每天刀光劍影的，方覺出大學同學情誼的可貴。那時的我們，青春正好，寶刀未老。這次重聚，又勾起了大家美好的回憶。美酒佳餚，很快就喝高了，真是痛快！

這篇短文，文字還算簡潔流暢，讀完卻感覺彆扭，問題就出在邏輯上。

開頭第一段，作者講了參加同學聚會這件事，段尾提到半夜回家又吃了碗麵、倒頭就睡，一個「好香」，一個「好累」，說明作者在飯桌上沒吃飽，聊天應酬等又讓他很疲憊。

按照正常的邏輯，接下來就該舉例說明，為什麼參加同學聚會這麼累。可是第二段讀完，全都是對餐廳老闆、菜餚的誇讚，又是「口味地道」，又是「生意很好」，讓人搞不懂為什麼作者沒吃飽。

第三段是用回憶講故事。對老同學的調侃還算生動，但多少透著點酸味兒，尤其是跟結尾「可貴」、「美好的回憶」、「喝高」、「痛快」等對照著看，更顯得文風古怪。如果作者是想抒發「光陰似箭，同窗情誼可貴」，應該再舉幾個更有說服力的例子，最好增加一些細節，讓讀者自然而然地代入作者的情感，而不是靠堆積「美好」、「可貴」等形容詞，生硬地做內心獨白。

分析完細節，再回頭看整篇文章，你會發現作者觀點含糊，邏輯自相矛盾。後面幾段文字，從邏輯上無法得出開篇「很累」這個結論。開篇說「很累」，讀到結尾又很「痛快」，到底想表達什麼，就顯得不明不白。

相信你已經看出來了，當我們讀一篇文章時覺得不舒服、不流暢，往往不是作者文筆不行，而是邏輯不清。

邏輯的核心是清晰高效地思考問題，而人的思維天生具有發散性。有邏輯的表達，就是從我們天馬行空的想法中，提煉出有價值的觀點，再組織語言，條分縷析加以論證、呈現。缺少這種沉澱、編排的過程，所有素材、觀念就是一盤散沙，「前言不搭後語」往往就是這麼來的。

非邏輯思維的表現與應對

我們說寫作時要考慮讀者感受，除了在內容上選擇他們熟悉的場景、感興趣的話題，還要思考在表達上是否符合邏輯，能讓讀者輕鬆地理解我們想要傳遞的資訊。

經常出現這種情況：我們覺得該寫的都寫了，別人卻像看不明白似的，拿著稿子問東問西；我們覺得表達已經相當明確、具體，別人卻總是曲解甚至誤解。

究其原因，除了少數讀者真的理解能力有問題，或者別有用心，更大的可能是，你表達思想的順序跟讀者接收資訊的習慣發生了矛盾。

比如，你向主管彙報工作，洋洋灑灑列出幾十個專案，但只是羅列基本情況和進展，沒有歸類梳理，也沒有總結分析。主管看完一堆項目概要，不知道執行難度多大，完成度高不高，哪些項目資源緊張，簡直火燒眉毛；哪些專案效益太低，以後不如放棄。你寫了跟沒寫一樣，主管不批評你批評誰呢？

再比如，有人寫文章喜歡用長句子，恨不得敲出兩行都不帶一個標點符號，還自以為一氣呵成，緊湊連貫。如果你的文字功底好，換語文老師來批卷子，把那些枝枝蔓蔓摘掉後去分析主語、謂語、賓語，也許還真沒毛病，但讀者理解起來可費勁了。閱讀不是語言水準測試，你不說「人話」，誰有興趣聽？

說到文章的邏輯，必須明確一件事：表達，是將我們頭腦中的資訊進行編碼，當它被發送出去以後，別人怎麼解讀，就由不得我們了。因此，在編輯發送資訊之前，要充分考慮如何降低溝通成本。

也就是說，寫作，要以方便讀者理解為目的。就像面對面溝通時，你「聽」了，並不表示「聽見」了；你「寫」了，也不等於「寫清楚」了。多從讀者角度去構思文章的結構和措辭，才能減少認知偏差。你寫清楚了，別人也就看懂了。

接下來是我總結寫作時容易出現的幾個邏輯誤區，初學者要格外注意。

誤區一：使用模糊或多義的語言

假設你要去參加一場飯局，給召集人發訊息詢問時間和地址，得到的回覆是：「本週五晚在小吃街附近。」你會滿意嗎？你肯定會想：拜託老兄，能不能說得清楚一點，到底是幾點見面？在哪個餐廳？若挨到見面當天還沒收到更明確的資訊，你一定會追個訊息或電話過去，問清楚了才能安排好出行。

這就是表達模糊、資訊傳遞不準確給人帶來的困擾。如果活動召集人在簡短回覆後加個說明，如「具體情況週四下班前再聯繫」，這樣人家心裡就有數了，知道時間地點待定，不會乾著急。

再舉個例子。假設你走路時不小心把腳扭傷了，坐在路邊起不來，需要找人幫忙。馬路上行人來來往往，根本沒人注意到你，你該怎麼辦？

如果你衝著人群喊：「有沒有人願意幫我一下？」也許不少人會回頭看一眼，但也就這樣了。誰知道你想幹嘛？誰願意幫，就讓誰去幫吧。

如果你換種說法：「那位穿黑色運動服、戴眼鏡的先生，能不能過來扶我一把？」相信我，被點名的那位十之八九會伸出援手。因為你的請求對象很明確，指令也很具體，就算對方還沒想好是否要幫你，至少也會走過來了解一下狀況，這就為你贏得了溝通解釋的機會。

由此可見，溝通要有效率，就要避免使用模稜兩可的語句，讓別人「猜謎」。寫作時，也要注意措辭的準確、表達的嚴謹，不要含混不清，讓人雲裡霧裡；也不要使用多義詞、雙關語，那樣容易引起歧義。

美國哲學教授、著名邏輯學家D．Q．麥肯納利曾分享過一個案例，從中可以看出，語意不清在生活中會讓人哭笑不得，甚至帶來災難性的後果。

一條林間小徑的路口豎了一塊路牌，上面寫著：熊向右。你可以理解為，這是提醒旅行者不要向左，要向右邊走；也可以理解為，這是想提醒路人，在右邊的路上有一隻態，請大家不要向右走。兩種理解都成立，但意思完全相反。

要避免造成歧義，設立路牌的人應該盡可能清楚地表明本意，比如換成以下說法：

「向左走，不要向右走，那裡有熊出沒。」

寫作時表達要明確，需注意這兩點：

第一，複雜的事情簡單說，簡單的事情說完整。

除非是寫研究報告，我們分析事物，沒有必要事事鉅細靡遺。愈是複雜的事情，愈要學會說要點、做提煉，讓讀者了解主要矛盾、中心思想。當你說得太多、太細，讀者往往看到後面就忘了前面，不知道哪個是重點。

複雜的事情要簡單，簡單的事情則要注意有沒有遺漏，是否說完整了。

每個人都有認知盲點，一件事你覺得大家都知道，一句話你覺得很好理解，也許恰好就有讀者不知道、理解不了。所以該介紹背景情況的，最好不要用「想必大家都知道……」一筆帶過；提到某些概念或原則，哪怕你覺得是常識，三言兩語解釋一下會更好，不要想當然地認為讀者能領悟你沒有直接表達的意思。

第二，慎用雙重否定。

漢語中的雙重否定，比如「沒有一個人不說她很優秀」、「我不是不想去」、「你可千萬別不來啊」有表達肯定、強化語氣等功能，但也容易造成困擾，因為表面上聽起來是否定，其實是表達肯定的意思，理解起來有點繞。

對邏輯論證來說，最重要的是清晰，而當肯定命題與否定命題夾雜在一起時，很容易就會產生混淆。為了避免歧義，寫文章時最好直接表達本意。比如「我非常想去」、「你一定要來啊！」是不是乾脆俐落多了？

請記住，否定命題有它的優勢，不是不能用，而是要根據具體場景和需求，謹慎使用。比較一下，「這真是一個糟糕的決定！」聽起來是不是很嚴厲？而「這樣做不是不可以，但……」語氣就比較委婉。

「沒有一個人不說她很優秀」和「所有人都說她很優秀」兩句話意思相同，但前一句比較適合口頭表達，可配合語氣來表明強調的意思；後一句則適合書面表達，意思更明確清晰。

誤區二：拋出觀點，卻不能給出讓人信服的推演

我們寫文章，總是帶著各自的觀點和立場。先不說觀點的高下對錯，首先你要能夠自圓其說，否則就是信口開河。

而一些「自嗨」型的寫作，列了一堆觀點，卻不去證明為什麼自己說得對，讀者只能被動地接受你拋給他們的結論，看不到你得出結論的過程，這就有點簡單粗暴了。

還有一種情況，就是你擺出例證，也展示了自己是如何分析思考的，但素材的可信度存疑，論據有問題，整個邏輯推理就沒有說服力。

比如說，新聞事件、社會熱點是新媒體寫作者重要的靈感之源，尤其面對一些突發事件，大家都在和時間賽跑，誰最先出稿子、出觀點，誰的閱讀量就能衝到「十萬以上」，攫取注意力紅利。這種時間壓力使得一些寫作者沒能多方面搜集、驗證資訊，就急著從一些二手消息、評論中斷章取義，在拼湊的真相上形成觀點，發表意見，甚至故意以偏概全、煽動大眾情緒，這些都是對讀者極不負責任的表現。

要增加觀點的可信度，就要沉得住氣，訓練思維的嚴謹。

第一，確認事實，推敲觀點。

從邏輯學的角度看，推理論證的過程錯綜複雜，但本質上，每個論證都由兩個不同類型的命題組成：一個「前提」，一個「結論」。「前提」屬於支持性命題，它是一個論證的起點，包含推理出發點所依靠的基礎事實；「結論」是被證明的命題，它在「前提」的基礎上得出，並為大家所接受。

一個正確的「前提」，是一次有效論證的基石，所以面對任何未經證實的資訊，不要急著發表意見。牢記「沒有調查就沒有發言權」，仔細觀察，充分調查研究，從多個角度比較你所掌握的資料是否全面、準確，否則即便跟上熱點，也容易在曝出更多內情後被啪啪打臉。

第二，克制情緒，不要將主觀看法當作客觀事實。

分析某件事，我們要充分調查研究；評價某個人，我們也要注意克制情緒，不要輕易做道德判斷，更不要把當事人或周圍人的主觀看法當作客觀事實來傳播。

人是複雜而情緒化的。當寫作者被某種情緒主宰，理性思維就會退到一邊，容易頭腦發熱，顯得語無倫次，或做出錯誤判斷。因此，當你意識到自己情緒激動時，最好不要匆忙下筆，等心情平靜了再寫，會更客觀而有條理一些。

即使再感同身受，我們也無法站在寫作對象的角度和立場去理解他在複雜情境下的某些言行；再者，人們從各自的利益和立場出發，也許會掩蓋真相，或給出自相矛盾的說法。因此，搜集材料時，你要注意分析哪些是客觀事實，哪些是主觀看法，不要混為一談；寫作時最好就事論事，讓讀者自己得出評判，而不要動輒上升到道德層面去給別人貼標籤。

誤區三：迷信專家觀點

當代最偉大的物理學家之一、劍橋大學著名的物理學教授、史蒂芬·霍金曾就人工智慧做出一項預測：人類文明將會被人工智慧終結。

聽起來有道理，而且霍金對宇宙黑洞的發現，的確刷新了人類對宇宙的觀念。那麼，是否可以據此認為，霍金對於人工智慧的預言是正確的，繼而將他的相關言論作為重要論據，寫進關於人工智慧的述評文章裡面？答案是否定的。

嚴格說來，霍金的主要研究領域是宇宙論和黑洞，而不是人工智慧。雖然他學術威望高、社會知名度大，但並不意味著他對其他領域專業問題的意見觀點就是正確的。從可信度上來說，若要評估人工智慧對人類社會的影響，顯然有比他更專業的人。

我們寫文章，尤其在寫產業分析類文章時，難免會引用專家觀點。從上面這個例子可以看出，任何一個專家，都只是某個領域的權威，離開了其所擅長的領域，他的觀點可以參考，但專業上的可信度要打個問號。還有一種情況，即使是某個領域的專家，在對相關專業問題發表意見時，也未必能做到完全公正客觀。

比如，某企業為了強調自己的產品使用了某種新成分，會花錢請一些「專家」在行業內外的媒體上發表文章，表明該成分如何安全有效，但對其可能產生的副作用則避而不談，或輕描淡寫。這雖然是極端個案，但消費者若聽信這種被收買了的「專家意見」，後果就不堪設想。

由此可見，面對來自不同管道、不同專家的言論，我們要注意分析鑑別，不要迷信專家意見，必須做到以下幾點：

- 注意分辨，專家是否在其專業範圍內、在其所擅長的領域內發言。
- 聽取專家意見時，至少請教三位以上，留意那些有爭議的觀點。
- 說理論述以所有專家都達成一致的共識性觀點為基礎，對有分歧的部分，一定要註明並如實呈現正反兩方的意見，而不要以偏概全。

誤區四：有思想，沒有思考

據說有種關於寫作的打卡訓練：在規定的時間（比如一天之內）寫出規定的字數（比如八千到一萬字），主題、體裁、風格、寫作場地隨意，只要限時（通常比較短）達成既定篇幅（通常比較長），就算圓滿完成任務。

根據主辦方的解釋，這種高強度的密集訓練，能迫使不知道該寫什麼的人打開自我，對周圍環境乃至頭腦中的想法更加敏感。寫得愈多，文筆愈流暢，繼而磨練表達、培養寫作習慣。

或許組織者是受「一萬小時理論」的影響，但我認為，寫作最有價值的部分（或可說是最大挑戰），不是「寫」，而是「想」。因為生活中可以寫的東西太多了，多數人的問題不是沒什麼可寫，而是不知道如何思考：到底什麼值得寫，以及怎麼才能寫好。

在時間壓力及同儕壓力之下，對素材不加以篩選，看到什麼寫什麼，想到什麼寫什麼；對表達不加錘鍊，怎麼想的就原原本本寫出來了，這樣的訓練，作為正式創作前的「熱身運動」可以，但用來代替創作本身則是有問題的。如此寫出來的文章，看似篇幅長，其實不過是思想碎片或流水帳；也許文通字順，但很難吸引人；可能有觀點，但多半只能算是粗淺地羅列，而非條理清晰地呈現……如此一來，離真正有意義的創作還差得遠，搞不好真就成「打字的」了。

蘇格拉底有句名言：「未經省察的人生沒有價值。」比思想（觀點）更重要的，是思考的過程。淺嘗輒止地分析問題，不假思索地表達觀點，這樣的寫作，即便技巧成熟，恐怕也沒有靈魂。

寫作所需要的刻意訓練，不單是透過「不停筆」來達到量的積累，還要透過持續訓練深度思考能力來實現質的飛躍。具體怎麼做呢？說說我覺得比較重要的幾點。

第一，警惕第一時間想到的觀點、輕而易舉得出的結論。

深度思考雖然有用，但比較痛苦，違反人類「好逸惡勞」的本能。不是有句話說，為了逃避思考，人們願意做任何事情嗎？

分析某項事物時很容易就想到的觀點，多數都比較平庸、粗淺，甚至是錯誤的，因為別人也能輕鬆得出同樣的推論。不要憑直覺行事，不要讓你的思維停留在問題表面，把第一時間出現在頭腦中的想法列為「未被證實的觀點」，再用調查研究、分析論證去推翻它、支持它，或完善它。

第二，得出觀點之前，確保自己對一件事已經有足夠深入的了解。

拿出一張白紙，根據具體某件事，把知道的資訊寫在左邊，不知道的資訊寫在右邊，然後逐條分析，找到自己最不了解的地方，繼而用5W1H的方式對此提問。包含誰（Who）、做什麼（What）、何時（When）、何地（Where）、為什麼（Why），以及怎麼做（How）。

提出問題後，就要依這些問題找答案。在此過程中，試著從多個角度看待問題，進一步深入思考整件事。好比想像頭腦中有兩個觀點截然相反的小人兒在打架，拿出一張白紙，左邊寫上贊成的原因，右邊寫上反對的原因，然後進行比較。

當你像剝洋蔥那樣，對一件事從大致了解變成深入了解，它在你眼中就會呈現出與之前的直覺、第一印象等截然不同的面目。就此提出的觀點、得出的結論，即使還有欠缺，但你已經過獨立的深入思考，能合乎邏輯地展示你的推理過程。

第三，善用歸納法，簡潔明確地表達意見。

當你深入了解事實後形成了自己的觀點，還要用恰當的方式清晰地表達出來，才能說服別人聽取你的意見。

首先你要明白，這個世界上沒有絕對正確的觀點，只有不同的意見。不要因為害怕出錯，就不敢大膽地把自己的觀點說出來。

其次要學會歸納總結，旗幟鮮明地亮出你的觀點。

思考問題時，演繹推理的方式比較好用，比如「掌握這些要點，就能寫出有吸引力的文章（前提）；你在其中幾個方面乏善可陳（事實）；因此，你這篇文章不那麼吸引人（結論）」。

提出觀點時，演繹法的推理過程則顯得有些繁瑣，讀者不太好理解。改用歸納法，看上去條理更清晰，觀點更明確，比如「你這篇文章不那麼吸引人（觀點）；具體展現在這幾個方面（理由）；這樣修改，能讓你寫出更有吸引力的文章（建議）」。結論先行，就給了讀者思考回味的空間，不用一邊看一邊猜測你到底想說什麼。

第四，把他人的質疑或反駁，當作進一步深入思考的機會。

既然是透過寫作公開發表意見，就要做好被挑剔、質疑的準備。有爭論是好事，不管對方是故意找碴還是交流想法，都要保持平常心，用一種對事不對人的態度，開放性地看待別人提出的不同意見。

我的公眾號後台經常收到讀者留言。有贊同的，有反對的；有溫和的，也有情緒化的。我很喜歡並珍惜這種切磋討論的機會，遇到有人反駁，一般不會急急忙忙地頂回去，而是把反駁當作提問，仔細思考。如果反駁成立，就進一步仔細修正自己的觀點；如果反駁比較偏頗，我也會反思是不是文章表達得不夠嚴謹明確，讓別人產生了誤解，有無必要在留言回覆中做補充。

請記住，遇到反駁，要設法將討論引向更有深度、更具體的範疇，不要為了反駁而反駁，陷入無意義的、情緒化的對峙。

三個技巧，讓你更有邏輯地思考

文字講究天賦和積累，別人讀十幾年的文學作品，這十幾年的沉澱一定會反映在他寫出的文字上。如果你剛剛起步，在文字的運用上比不過別人很正常，這不是一朝一夕可以改變的事情。

但邏輯性則不是，邏輯性可以短期訓練出來，可惜也無法一蹴而就，要抓住每一個訓練的機會，有針對性地、一點一滴地累積。

列題綱：將素材歸類分組

我對邏輯的理解，簡單說就是心流，心流順了，邏輯就順了。我們的情緒、思想往往重複而凌亂，但文字必須有條理才行。對初學者來說，要訓練思維的流暢，就要學會在正式寫作之前打腹稿、列題綱。

有朋友告訴我，他構思一篇文章的時間，有時比寫作時間還長。對此我深有同感，因為我寫文章也是這樣。如果只有一個粗略的想法，卻沒想好主次觀點以及邏輯結構的話，經常寫著寫著就卡關，然後東拉西扯。題綱可以隨手寫在紙上，也可以做成數位筆記，來不及的話就打腹稿，在心裡想好一二三。

也許有人會問，我看很多高手或大師寫作，從來不打草稿，提筆就寫，一氣呵成，那又是怎麼做到的？我只想說，人家不是不列題綱，而是經過刻意訓練，能在腦海中快速組織素材、梳理觀點。技巧愈純熟，打腹稿所需的時間就愈短。

列題綱的關鍵，是對各種素材做歸類分組。

研究發現，人腦一次能夠理解的思想或概念有限。研究短期記憶的心理學教授喬治．A．米勒在相關論文中提出，大腦的短期記憶無法一次容納大約七個以上的項目：

有的人可能一次記住九個項目，有的人則只能記住五個。大腦比較容易記住的是三個項目，當然，最容易記住的是一個項目。

因此，當大腦發現需要處理的專案超過四個或五個時，就會開始將其歸類到不同的邏輯範疇中，以方便記憶。這就是為什麼當你面對雜亂無章的一堆資訊時，容易感到困惑；而將它們進行歸類分組後，你就能輕輕鬆鬆記住了。

歸類分組不是簡單地合併同類項，而是找出專案之間的邏輯關係，把概括提高一個抽象層次。比如，當你看到「西瓜、牛奶、雞蛋、優酪乳、蘿蔔、橘子、油菜、香蕉、茄子」，可能來回看幾遍都記不住。把它們歸類分組後，變成「蔬菜：蘿蔔、油菜、茄子；水果：西瓜、橘子、香蕉；蛋乳製品：牛奶、雞蛋、優酪乳」，就容易記憶了。如此分組的過程，也讓你的思維的抽象程度提高了一層。在「蔬菜、水果、蛋乳製品」這一分類基礎上，更進一步、更高層次的概括則是「食物」（參下頁圖1）。

透過這種方式，我們就能找到不同素材、觀點之間的聯繫，在邏輯遞進的過程中，讓思考逐漸走向深入。

以此為基礎，畢業於哈佛大學、麥肯錫顧問公司有史以來第一位女性顧問芭芭拉·明托，提出了著名的「金字塔原則」。它是一種層次性、結構化的思維與寫作工具，要求人們在寫作之前，先對文章要表達的各種思想觀點進行歸類，透過搭建「金字塔結構」，將「中心思想」統領的各個分支自上而下一層一層地呈現給讀者。其中，愈是靠近金字塔上層的思想，價值愈高（參下頁圖2）。

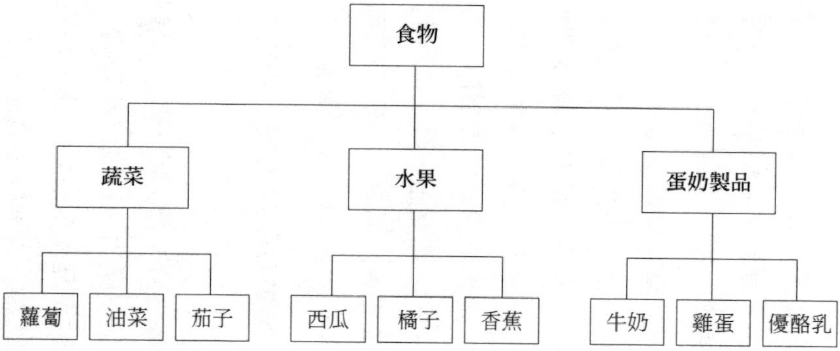
食物
蔬菜
水果
蛋奶製品
蘿蔔
油菜
茄子
西瓜
橘子
香蕉
牛奶
雞蛋
優酪乳

圖1

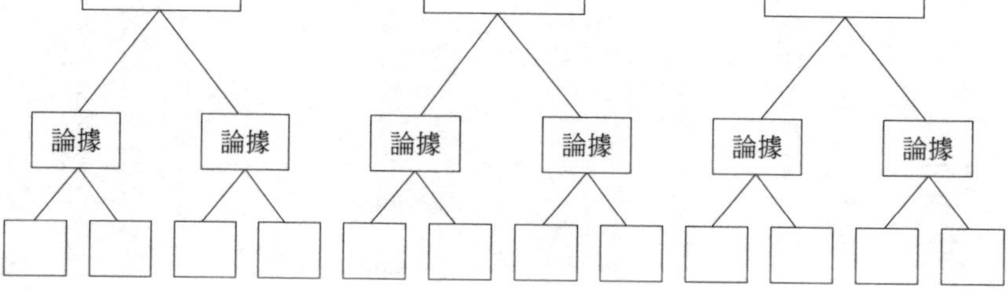
中心思想
分論點
分論點
分論點
論據
論據
論據
論據
論據
論據

圖2

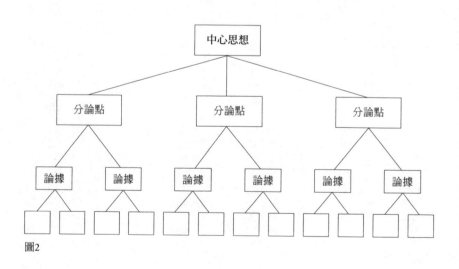

怎麼樣？是不是有種豁然開朗的感覺？如果你在開始寫作之前，已經很清楚文章的中心思想，金字塔原則能幫你輕鬆搭建好寫作框架、規範表達邏輯；如果你動筆前只有一個模糊的想法，那麼不妨回到本小節開頭，用歸類分組的方式，透過分析素材來梳理觀點，再從分論點之間的邏輯聯繫中提煉出中心思想。

理結構：框架比細節重要

不要一開始就想文章細節，細節雖然很重要，但不是第一位。沒有整體把握，細節描述得再好，在別人看來也是雲裡霧裡。我們常說，文章需要謀篇布局，說的就是整體的設計，有了頂層設計，才好進行基礎建設。

邏輯很重要的一部分就是結構。整篇文章的結構就像我們搭建房屋的鋼筋，我們常說的豆腐渣工程多半是這一塊沒做好。文章也一樣，需要把我們所有的內容進行分層，展現整體的結構。你可以先把你想要寫的東西羅列出來，分析一下彼此之間的聯繫，先說哪一塊，後說哪一塊，下筆之前一定要充分想好。

房屋的整體設計做好了，結構很不錯，那麼房間裡如何具體布置呢？如果房間內部格局設計得亂七八糟，整體結構再好又有什麼用呢？這時候就進入到比較細小的部分，把握大方向之後，將每一層的內容分塊，安排好局部結構。

你的文章打算從哪幾個層面去分析現象、闡述觀點？多個事例之間的邏輯關係是怎樣的？每一個小事例想說明什麼？要循序漸進，有理有據，讓人信服。結論不要下得莫名其妙，有一些推論，有一些總結、反思，會好很多。

善表達：邏輯連接之術

每篇文章都有其內在的邏輯關係，好的文章讓人看完後神清氣爽，差的文章則讓人一臉迷惘。想要將自己的觀點、立場以較好的呈現方式，完整地傳達給受眾，有三個要點：

第一，理清內部關係。

依據內容邏輯，將各板塊內容做出恰當合理的次序安排，按順序組織，才能順理成章。比如文章開頭、結尾、中間的層次，應反映事物發展的階段性；而文章中問題的提出、分析及解決，反映的則是事物的變化規律。關係理清了，文章自然通透。

第二，善用連接詞。

作為我們在日常生活中使用最頻繁的詞語，連接詞在增強文章邏輯性上作用不容小覷。在文章中，連接詞起著承上啟下，將各段落、句子連接貫通的過渡作用。「因為、所以、雖然、但是、然而、可是、既然、即使、如果、只要、於是、因此」等辭彙看似不起眼，但能將文章變得更有條理，更加柔和，也更便於人們接受。

第三，注意呈現方式。

除了連接詞外，有些語句也具有連接的作用，充當著過渡句的角色。我們在綜合使用這些要素的時候，要注意表達上的自然、簡練。過渡要恰到好處，不能寫著寫著突然來個轉折；也不能自我重複，同一個連接詞一用到底，這會很讓人掃興。

·第七章·

職場專業文章寫作的方法論

專業，二十一世紀你唯一的生存之道。

——管理學家　大前研一

記得我第一次讀日本管理學大師大前研一的《專業：你的唯一生存之道》時，封面上的這句廣告語，醍醐灌頂。

我畢業後在香港的第一份工作是海外資產配置。當時白天工作，晚上就在公眾號上寫一些關於理財配置的普及文章。沒想到，這些專業性比較強的文章很快得到讀者認可，吸引許多有海外投資需求的客戶。

後來我開始創業，公眾號寫作也從比較隨意的工作生活記錄，聚焦到職場金融內容的持續輸出。除了有關金融理財的專業文章，我也會針對社群網路及新媒體行銷與內容創業等，寫下自己的觀察和思考。雖然談不上有什麼深刻見解，但都是自己認真反思後掏心掏肺的觀點，哪怕不成熟，也就這麼寫出來了，結果讀者回饋還不錯，有不少志同道合的讀者後來還成了我的合作夥伴。

我總在強調，寫好乾貨文[7]，能為我們的職場發展賦能。

首先，職場乾貨文的寫作，是透過持續的專業輸出，爭奪職場話語權的方法。

一個契合自己行業的公眾號就像是你的職場基本盤，你可以透過這個平台連結到更多的資源，為你的價值輸出做背書。

我在香港的事業起步，就是靠專業普及文章的寫作累積了第一批重要客戶。我有兩個朋友，簡七和三公子，也是透過公眾號輸出理念和專業知識，聚集用戶，實現轉化。

其次，乾貨文的寫作還能省去很多職場上的溝通成本。

一篇公開發表的文章，能幫你省掉無數次重複勞動。比如我寫的兩篇關於海外保險的文章，給到用戶手上，就省去了很多解釋時間，可以提前讓潛在客戶了解一些背景情況。

再如，一個英文老師，上課之餘透過寫作，系統地輸出對語法、閱讀的理解，既是對課堂教學的補充，也讓他的專業知識得到更多元的展現。

最後，能持續輸出高品質專業文章的人，都是很有實力的。

與小範圍的封閉式演講不同，面對面交流時，觀眾出於禮貌，你怎麼說一般都不會有人揭短。而網路上的公開寫作，哪怕只有一千個讀者，也是臥虎藏龍。加上網路發言的匿名性，若你的文章表達不嚴謹，立刻就有人站出來挑毛病；你東拉西扯說不到重點上，內行也就一笑置之了。

所以說，要想持續輸出高品質的專業文章並不簡單。如果沒有專業知識的積累、行業經驗的沉澱，又不願費時費力去調查、思考、總結，往往一提筆就露餡，或者寫著寫著就沒什麼可寫的了。

在這一章，我就和你分享職場乾貨文的寫法和注意事項。如果你是有料有趣的職場「老司機」[8]，掌握這些原則和方法，能更好地展示你的內涵；如果你是剛剛起步的職場新人，寫出高品質的專業文章，能讓你在工作中快速成長。

7「乾貨文」意指實戰性強、重經驗分享的實用性文章。

8「老司機」為一網路流行用語，通常指稱在大型網站社群、論壇混跡的時間較長，熟悉各種潛規則，掌握一定資源且願意分享的資深網友。

職場乾貨文寫作的兩個要點

職場寫作的範圍比較廣泛，包括公務信函、工作總結、商務報告、項目企劃書等，旨在彙報有關情況、溝通專案進展、總結經驗或制定計畫，有相對明確的主題、對象及適用場景。

在跟主管、同事溝通工作，或跟客戶、合作方討論方案時，通常沒有時間長篇累牘地講故事，也不應當滔滔不絕地抒發情感；要用言簡意賅的方式，展現你的專業性。因為對每個職場人來說，專業度是最核心的競爭力，決定了你的職場價值。畢竟上司聘用你，不是因為你長得好看，而是因為你可以切切實實解決問題。

對於比較標準化的職場寫作，不同公司一般會有不同的要求和規範，需要時你可以請主管或同事提供範本，網上也很容易搜到不錯的範本，挑一個用得順手的，套用時注意重點明確、條理清晰、文字簡練就行。

而職場乾貨文的寫作相對比較難，需要對所在領域的某個主題做深度分析，展示你的專業功底和行業洞察力。總的原則是保持理性、冷靜，注重邏輯，克制情緒，因為職場是講道理，而不是談感情的地方。要想持續在這個領域經營，就要修鍊內力，讓自己的思想格局、調查能力、看問題的角度等有全面的提升。

選題的「加」與「減」

我們都知道接下來是精耕細作的時代，內容必然是重中之重。知道自己擅長什麼，對什麼主題感興趣，才能寫出有自己風格的乾貨。跟情感美文相比，職場乾貨文的說理性更強，對某個問題或者某件事情進行分析時，不僅要表明自己的觀點、立場、態度，還要給出解決方案。

構思選題時，要注意如下幾點：

第一，文章要有飽腹感。

既然是專業文章，就一定要有飽腹感，也就是讀者看完後明確知道收穫了什麼。讓讀者真正覺得有所得，就意味著文章中應含括大量有效資訊，讓人信服並接收到自己所要傳達的理念，而不是一味說一些放之四海而皆準的空話、大話、套話。

動筆之前要明確文章的中心論點，透過哪些小論點來支撐中心論點，每個論點是否相互獨立，是否處於層層遞進狀態。清楚表達自己的論點之外，還要清楚解釋反對的意見或疑惑。

確保自己有足夠的觀點、工具來為讀者答疑解惑，這樣讀者看下來才會真正感到確有收穫。

第二，要有明確的利益點。

乾貨類文章的目的是闡述專業知識，幫助讀者解決問題。因此，一定要有明確的利益點，想清楚這篇文章對讀者在哪個點上有幫助，然後圍繞這一點具體展開論述。

〈論資料分析對產品經理的重要性〉、〈如何輕鬆搞定應用程式資料分析？〉從標題就可以發現，這些乾貨文的利益點一目了然，那就是「資料分析」，這樣便於匹配用戶群，對需要這一技能以及對這方面感興趣的讀者有更高的吸引力。

第三，一篇優秀的乾貨文，深度、角度、廣度、速度至少取一項。

和同主題的乾貨文比，你的文章亮點何在？比其他文章是否有更加深入、更加精確的理論支撐和分析，或者有新穎獨特、少有人留意的新視角和切入點，又或者有更加廣闊的資訊覆蓋面和解讀範圍？如果以上都沒有，那麼能否把握新事物，對當下即時熱點有著敏銳的嗅覺和洞察力，能夠做到快人一步？

第四，開頭的文風匹配行業文風，結論先行或者問題先行都可以。

不同行業有自己不同的風格，有的可能較嚴肅認真，有的則詼諧幽默一些。確定要好寫哪一行業的文章後，行文風格也應與行業風格相匹配，尤其應注意開頭的文風。

例如，藝文產業文章的讀者可能更樂於接受歷史和故事，而物理、數學等行業則更偏重於用資料、圖表來說話。開頭的文風符合行業文風，才能讓用戶有更好的代入感，能深入到行業中看問題並充分解釋。

另外，開頭部分結論先行或者問題先行都可以，不必拘泥，你可以根據文章自行把握，只要能充分點題，明確自身觀點就行。

表達的「深」與「淺」

職場乾貨文的寫作遵循一般規律：先描述情節，接著展開分析，隨後擺明觀點，最後下結論。這裡就不再贅述。

寫乾貨文要做到深入淺出，一方面，要深入，深入到超越其他同行。方法是層層遞進，多問幾個問題，分析更加通透。

一些產業報告，可以做到率先盤點，既深入，也快速。騰訊曾發布〈中國自媒體商業化報導〉，從自媒體發展的四個階段，到自媒體商業化的五個特點，再到盤點自媒體商業化的三種模式，最後講到了商業化的兩大風險和未來的四大趨勢。你想要了解的行業狀況應有盡有，內容詳盡，條理清晰，講述得很深入。

還有一些「書單類」的文章，選書眼光獨到，推薦語寫得也非常凝鍊，點出書籍的看點，又不過度透露書的內容，保持一些神秘感，讓讀者有興趣去探索。

另一方面，寫文章要做到淺出。除非在行業期刊上發表，新媒體平台寫作要考慮讀者的時間和專業度是有限的，文章一定要寫透，簡潔幹練，不要故作高深。能用一句話說清楚的，別用兩句話。

有一期《李翔商業內參》[9]講到了「灰犀牛」與「黑天鵝」。以「記者米歐爾・渥

9《李翔商業內參》為「得到」應用程式上的一門專業商業知識課程，創始者李翔為中國知名的財經記者。

克出版了一本書《灰犀牛》。她創造出一個對應於黑天鵝的名詞：灰犀牛」開篇，簡潔明瞭，沒有一句廢話。普通讀者對「灰犀牛」這個概念不熟悉，因此別故弄玄虛，簡單的開場白後立刻轉入對名詞的解釋，繼而舉出典型的「灰犀牛」事件，最後說到人們面對「灰犀牛」的五個階段的反應。這一部分不長，但是該說明白的都說明白了。

寫好產業分析報告的五個步驟

世界飛速發展，眼見一些老牌企業從鋒頭正健到日薄西山，一些創業公司從沒沒無聞到異軍突起，其中的間隔愈來愈短，相信每個職場人都會有危機感——如果搞不清所在行業的真實現狀，對新興產業的發展缺乏敏感度，就會錯失很多機會，甚至讓自己陷入危險的境地。

養成閱讀產業分析報告的習慣，也許能幫你減少這種恐慌，在跳槽或轉行的職業關口，做出更理性的決斷。試著撰寫產業分析報告，則能讓你在具體工作事項之外，以更宏觀的視角、更深入的思考，去洞察這行業的發展、機會與挑戰。

在所有職場專業文章中，產業分析報告也許是最難寫的，要求寫作者對這個行業有最新的、動態的、全景式的審視。撰寫產業分析報告，有五個關鍵步驟。

明確目標

問問自己：為什麼你要分析這門產業？你希望透過這份分析報告達到什麼目的？讀者對象是誰？他們有怎樣的需求和特徵？

一般來說，撰寫產業分析報告，是為了明白現階段的優劣勢，以找到產業機會點，那麼首先就要對細分領域、時間範圍等做出清晰的界定。比如以「二〇一七年全球新能源市場分析」、「二〇一八年第一季度中國節能環保產業業績回顧」為目標，研究對象和範圍就比較明確。

除了專業媒體或權威機構定期輸出的分析報告，普通人寫作此類文章，可以結合當下新聞熱點、產業突發事件等，來分析受眾需求，挖掘該事件對產業內外的影響。比如，某個突發事件，是否折射出該產業在轉型或成長期的若干問題？某次產業大會，是否對吸引更多資本進入釋放出某種利多？以此為契機去建構分析報告的主題，往往會受到更多關注和歡迎。

對於產業分析報告，不同讀者對象有不同需求，受眾的關注點，就是你的著力點。如果是給政府制定產業政策提供參考，就要從大處著眼，對全行業的歷史、現狀、趨勢等做比較全面的分析。如果是你的主管想要投資一家新公司，讓你做相關調查研究以掌控風險，就要從小處著手，對目標公司的具體情況，及其所在細分市場的現狀與未來前景等，做詳盡的剖析。

界定問題

明確了寫作目標後，接下來就要界定問題。因為產業資訊包羅萬象，寫起來千頭萬緒，透過界定目標讀者最為關注的問題，我們就能抓住主要矛盾，找到調查分析的切口，繼而把複雜模糊的大問題拆分成一個個具體的小問題，逐個擊破。

舉個例子。如果是評估未來哪個時點進入某個你不太熟悉的產業比較合適，那麼要解決的核心問題就是：該領域目前存在哪些風險和機會？

把這個問題再往下拆分，就容易理清思考的脈絡了：該領域現階段是否存在比較明顯的問題或機會？如果有，它們在哪裡？為什麼會存在？我們應該做什麼來消除這些問題？可以做什麼來把握這些機會？界定問題的過程，就是圍繞核心命題抽絲剝繭，讓思考逐層深入的過程。要注意把握核心問題的內涵和外延，劃定問題的邊界，一次解決一個問題，切忌不要泛泛而談。

搜集資訊

沒有調查就沒有發言權，即使是你熟悉的行業，想要發表分析評論，也必須掌握足夠多的事實資料。

產業資訊來源一般有兩種：一是透過企業走訪、專家面談、工作調查等，獲得來自工作現場的第一手資料；二是透過網路檢索、顧問公司報告、政府公開資料庫、產業協會公開資訊等，從專業資料庫裡搜集二手資料。

獲取一手資料需要掌握一定的溝通技巧。業內資深人士，尤其是產業領軍人物，往往在這一行耕耘了很多年，對於產業現狀及趨勢的判斷比普通人更準確。不過這些人通常都很忙，即使同意面談，留給你的時間也不會太長。如何在最短時間內獲取最多有價值的資訊，取決於你能否提出高品質的問題。

有一位退休的政府官員曾告訴我，在任時最怕遇到那種不做功課又自以為是的記者。有些基礎資料或常識性的內容，明明剛才的發表會上已經分享過，或隨便到網上一搜就能找到，卻偏要占用中場休息或會後提問的時間，要求再重複或解釋一遍，這就很耽誤大家的時間。這樣的記者往往讓人「印象深刻」，打過這一次交道，下一次無論如何也不會把提問的機會留給他了。

做產業調查搜集資料時也是如此。高手面前，哪怕你是外行，也要盡量提一些有挑戰性、有技術含量的問題，對方才會認真作答，覺得你是有備而來的。因此，和專業人士面談前，一定要珍惜機會做好準備，列出題綱或問題清單，最好能提前發給對方，彼此都做些功課，這樣溝通會更有效率，說不定還能碰出更多火花來。

搜集二手資料時，要注意豐富資料來源，資訊愈多、愈雜，愈容易相互印證，發現有問題或自相矛盾的部分。尤其要留意異常資訊。比如一份聲稱詳實準確的社會調查，是否在樣本選擇上有點以偏概全？一家公司的業績增幅是否遠超該行業的正常水準？在感覺異樣的地方停下來，深入挖掘，很有可能發現被忽略或被刻意隱瞞的重大問題。

研究分析

搜集到足夠多的事實資料後，下一步是對雜亂無章的龐大資料進行分析比照，過濾掉其中有錯漏或自相矛盾的部分，從而提煉出重要資訊，作為研究分析的依據。

在分析產業發展現狀和態勢時，有很多種方法和模型。

比如，哈佛商學院教授麥可．波特提出的著名的五力分析模型（Five Forces Model），透過聚焦影響企業競爭力的五大因素——供應商的討價還價能力、購買者的討價還價能力、潛在競爭者進入的能力、替代品的替代能力、行業內競爭者現在的競爭能力，相對有效地分析了客戶的競爭環境，適用於企業競爭戰略的分析，以及產業分析。

又如，針對企業內部的戰略規劃報告，SWOT分析法（也稱態勢分析法）是最常用的分析工具之一。其中S代表優勢（Strength），W代表劣勢（Weakness），O代表機會（Opportunity），T代表威脅（Threat）。透過對企業內部、外部各種有利與不利因素的調查分析，將它們按照矩陣形式排列出來，能清晰地展現企業的優勢和問題所在。之後用系統分析的思想，把各種因素匹配起來加以分析，從中得出相應的結論，就能對症下藥給出解決方案。

當然，每種分析方法和模型都有其優勢與不足之處。波特的五力分析模型於二十世紀八〇年代初被提出，在廣受歡迎的同時，也有經濟學家指出該模型只注重商業競爭，忽視互補合作，有失偏頗，繼而提出「合作競爭」的概念。這對波特的理念是有益而重要的補充，同時也提醒我們，要用辯證的、發展的眼光看待那些傳統甚至經典的分析方法，根據研究對象和目的，選擇最合適的分析工具。

輸出成果

當你透過研究分析得出了結論，還要用清晰而有邏輯的方式展現你的分析過程。寫作分析報告時，表達準確、到位，讀者才能正確理解你的思路，接受你的研究成果。

文章結構上，比較好用的是「金字塔結構」，也就是先歸納核心思想，結論先行，再提供三到七個支援性的分論點，每個分論點往下又有三到七個論據作為支撐，由此層層統御，形成一個以結果為導向的邏輯推理過程。具體可參看邏輯章的相關部分，這裡不再贅述。

文字表達上，因為產業分析報告不是科普文，讀者多半是有專業基礎的人，措辭務求準確、精鍊、專業，哪怕顯得高冷一點。

構思系列專題的四個原則

有些選題非常大，含括的內容也十分豐富，這時候選擇微信公眾號作為發布平台的優勢就顯現出來了。持續更新讓閱讀有了連續性，這時候你可以寫成專題，多篇文章形成一個系統，就可以把你想表達的內容交代清楚，也更加全面。

專業性的內容一旦形成系統，一來對自己的知識體系梳理非常有好處，二來也利於優化用戶的閱讀體驗，如果寫得好，讀者會像追劇一樣追看文章的更新。

寫專題必須要有整體的策劃

如果嘗試寫專題文章，那麼第一篇非常重要，第一篇很大程度上決定了這個專題後續的傳播效果。就像電視劇，你換到這個頻道，看了第一眼感覺不好看，肯定會轉台。文章更是如此，如果第一篇不能吸引人們關注，那麼後續文章的傳播會愈來愈難。

除了第一篇文章非常重要，專題的策劃和預告也不可忽視。寫作要有產品思維，要把文章產品化，那麼專題就是系列產品，必須要有整體的策劃。像開發產品一樣，要經過系統設計，明訂每一篇文章的內容側重，到一定數量之後要達到什麼效果，不是寫到哪兒算哪兒，發布完了就萬事大吉了。

專題文章兩種走向：深度、時效

大致來說專題文章有兩種走向，第一種是走深度，就是看到別人看不到的觀點，寫別人寫不出的內容，這是一種核心競爭力，人無我有，人有我優。第二種是走時效，處處快人一步，便可占得市場先機。

二十五歲就成為百度最年輕副總裁的李靖，外界更熟悉的是他在自媒體上的名字「李叫獸」。在加盟百度之前的很長一段時間裡，李靖及其團隊以「每週重新思考一個行銷問題」為口號，持續輸出有關商業策略、行銷思維、文案乾貨的專題文章，每篇文章篇幅都不短，詳實、深入，文章的傳播率、影響力有目共睹。

起步階段，切入點要小

剛開始寫作專題的時候，「切大點」是很難做起來的，因為大的話題點已經有很多行業內的權威人士在寫了，而且話題點愈大愈不好掌握，除非你有把握寫得過內行權威人士。

就目前的情況來看，敢拍胸脯說這樣話的人還是少數，所以不如先在自己的小塊地方站穩腳跟，切入點愈小愈容易寫得精采，你關注的可能就是別人沒有關注到的東西。頂層設計的文章有人看，基礎建設方面的文章也有人看。比如職場是個大話題，但金融職場就是一個比較小的切入點。先守住自己擅長的一畝三分地，做精、做深、做透。

選擇大市場裡的小地盤，說得具體一點，新媒體是大地盤，職場新媒體就是小地盤，這是概念上的小。再比如自媒體和香港第一自媒體，這是地域上的小。還有時間上的小，以及縱深上的小。

能夠把一個小點做好就非常了不起了，不要想著大而全。什麼都想要，通常什麼都得不到。寫作是這樣，在職場上同樣也是這樣。你先要有核心的競爭力，至少在這一塊別人對你是豎大拇指的，才能發展別的。

學會對標

剛開始寫專業文章可能不太好上手，建議找個目標，這個目標最好是與你同一行業不同定位的，觀察對方的選題角度，怎麼組織內容。

其實不只是寫作，個人成長也是如此，可以去模仿領域內的大咖，看看他是怎麼做的，雖然個體之間有差異，但很多東西都相通。

比如，你也想做一個職場金融號，那你就可以翻翻我的公眾號上的歷史文章，或許能找到一些靈感。我的定位是在香港，假如你在上海，那麼你就可以做上海的，做出地域的差異來，畢竟這兩個金融圈差異還是很大。如果不巧你也在香港，那也歡迎來戰。

雖然文無第一，但是潛在的競爭還是有的，找到自己獨特的定位，你就可以在自己的天地裡翱翔。

累積素材的四種方式

寫作就像做菜，素材則像食材。沒有好的食材，就做不出一道好菜；沒有好的素材，也寫不出一篇精采的文章來。

沒有「讀書破萬卷」，又哪來「下筆如有神」。累積素材在寫作過程中尤為重要，而累積的工夫在平時，生活中的一點一滴都值得我們去用心積攢。只有前期堅持不懈，有意識地尋找素材，「厚積」才能在理解的基礎上逐漸轉化為真正屬於自己並且有個人風格的東西，從而「薄發」。

好的內容需要扎實的素材來支撐。可以從四個方面著手：建立自身深厚的專業知識庫；在每一次整合報告中學習、思考；置身第一現場；與高手過招，由此獲得看問題的新角度、新思路。長此以往堅持下去，就能明顯感受到自己的寫作愈來愈「胸有成竹」。

累積專業知識（深度）

想要寫專業類型的文章，專業知識是基本功，這是站穩腳跟的第一步。知識儲備不夠，底氣就不足。很多文章看著深入淺出，背後其實有大量的專業知識做支撐。

從專業知識層面來說，需要多學習。學習是逃不掉的，要想做知識的上游，必須去到知識的源頭。仔細研究本行的專業知識，閱讀經典書籍，充分汲取肥料。經典的書目有些是大部頭，比較難啃，但是也要耐著性子啃下去。如果人人都能做到，人人都能理解，你寫的文章還有誰去看呢？

除了經典的書籍，自身專業的流行書目也要看，以把握最新的趨勢。此外還要看一些專業文獻，如果可以讀到外文原版的，那自然再好不過。在一些領域，國外的理念實踐等要領先國內不少，仔細消化、篩選這些認知差異，善於利用資訊不對稱引介先進觀點，也能建立你的優勢。

了解理論知識之後，需要多實踐，才能確認這些知識是否適用於現實生活，是否適用於當下的產業環境。實踐是一個被壓榨同時也被打磨的過程，主要透過兩個管道完成：一個是公司內部的機會，不要因為薪水而只做自己範圍內的事情，有機會拓展能力的話一定要多嘗試，學到的本事都是自己的；另一個是產業機會，比如業內的展示交流活動、新興事物的發表會等。

除了實踐，你觀察、思考的深度，也是決定文章深度的要素。建立以下兩個視角，能讓你的觀察更加全面：第一個是從內部觀察行業裡的人和事，這是第一人稱視野，偏向微觀；第二個是從外部觀察，從整個社會的層面來觀察行業，獲得橫向的視野，涉及政策導向、經濟發展、文化等方面，偏向宏觀。兩種視角的結合可以讓我們對各自的行業有更加深入的了解，看到那些旁人看不到的東西。

整合產業分析報告（廣度）

寫作需要的分析能力不是與生俱來的，需要不斷訓練。當我們專業知識不夠、閱歷不足、思考方式不夠完善，還不具備獨立分析的能力，或者分析能力還比較薄弱時，就需要借個梯子，借助別人的力量看到更高的地方。分析報告就是這樣的梯子。

分析報告的價值在於讀一篇勝過讀十篇。仔細研讀分析報告可以舉一反三，提高學習效率。

可以透過兩種途徑獲得產業分析報告，第一種是**透過行業內的專業媒體**。

基本上每種行業都有自己的專業媒體，也會定期出分析報告。當這些分析報告出來的時候，一定要及時瀏覽，獲取新鮮的資訊，同時將重要的部分做摘錄，還要加以琢磨這些專業的媒體是如何做分析的，這些是非常精華的素材。在對比與反思中，知道自己在認知上的差距，才能找對方向去努力。

第二種是**透過社會層面的報告**。

什麼是社會層面的報告？比如你是金融領域的從業者，那麼除了關注宏觀經濟走向，也要關注國家的政策、國外的重要事件。再比如你是時尚產業的從業者，那麼你就不能錯過世界各地的大型時裝週，你需要了解最新的時尚趨勢。

獲得產業分析報告的方法，一個是搜尋，可以搜尋對應主題下的文章，你看那些轉發得多的文章，就是受到較多關注的內容。給優質文章建一個素材庫，使用數位筆記之類的工具收藏起來，分門別類地做好標記，方便自己日後查找資料，不用一股腦兒地翻收藏。

另外，可以關注產業的相關公眾號，這樣也能定期獲取產業內的資訊，但要注意鑑別品質。

置身第一現場（速度）

第一時間出產業熱點文[10]，並且是在第一現場，這樣才能確保文章的真實性、可靠性、時效性與新鮮度。只有當下最熱點的資訊才能更有效地吸引人們的注意力，因此要把握住當下產業熱點的脈搏，精準切入，有理有據。

如何做到？恐怕還是那句大家耳熟能詳的話：「機會總是留給有準備的人。」平時要多留心關注產業動態，充分利用好自己身邊的資源、人脈，多了解業內資訊，每逢重大事件都積極參與，多參加產業大會，並多與業內前輩、同事交流心得。練就自己對該行業敏銳的嗅覺，總有機會撞到第一現場並寫出熱點文。

在此分享一條置身第一現場的捷徑——**成為社群號召者，學會「混圈子」的藝術**。

每個人活在這個世界上都離不開社交活動。在人與人的交往相處中，大家逐漸發現並找尋到那些與自己具有相同愛好、興趣或者為了某種特定目的而聯繫在一起的人，慢慢組成一個群體，這就是我們常說的社群。

如果有機會的話，一定要站出來成為社群號召者，之後你在這個群體裡做的每件事，都是你的價值觀輸出。作為社群號召者，雖然你付出的多，但是收穫也一定比別人多；你幫助的人愈多，你的影響力就愈大，也更利於個人品牌的打造。同時混圈子也是一門藝術，圈子混得好就有機會獲得一手資料，你也會連結到不同的人，從而有更多的機會和可能性。

與高手過招（角度）

參與到第一現場，還有一大好處，就是和高手進行交流。

正所謂「與高手過招，才能成為高手」，平時的生活中我們不一定能接觸到高手，所以要利用一切機會近距離觀察、學習。在與這些比自己水準高的人的交談中，不斷反思自我，在「見賢思齊」中把自己提升到另一個高度。

有些人很怕與高手過招，覺得自己水準比較低，其實這沒有關係，你連過招的機會都沒有那才可怕呢。你都不知道自己的水準是怎樣的，還談什麼提升。與高手過招，也許對方的一句話就讓你獲益匪淺，在這個過程中所產生的能量絕對超乎你的想像。

和高手交流關鍵問題，首先，你的思考深度會更高。

10「熱點文」指當下受大眾關注或歡迎的新聞議題。

佛家常說，人生有三重境界：「看山是山，看水是水；看山不是山，看水不是水；看山還是山，看水還是水。」現實生活中我們看問題也是這樣，可能因為閱讀量不足，或者知識面較窄，從而導致思考不夠深入，某些方面也考慮不周全。

而高手們的知識閱歷更加豐富，在與他們交流關鍵問題時，自身思維會在他們的帶領下更具深度。高手們能夠深度解讀出問題背後的原因，對問題的理解也更加到位。在交談中或許不經意就將困擾你多時的瓶頸解開，此外還常常有意外之喜，能獲得新的啟發。

其次，厚積薄發，在思考解決問題時，獲得更豐富、獨特的視角。

正如「世界上沒有兩片相同的樹葉」，不同的人看同一件事也有著不盡相同的角度和千差萬別的結論。高手之所以被稱為高手，就在於他們敏銳的目光和洞察力，他們看問題的視角往往更加獨特新穎，不同於常人。有早期深厚的知識積累和沉澱，他們更會基於自己豐富且深厚的背景知識解決問題。因此在與水準高的人的交流中，你會不由得被他們所感染，獲得獨特的視角，甚至被引入一個全新的世界。

・第八章・

你所理解的新媒體寫作，也許都是錯的

任何一個好產品都是聰明人用笨功夫做出來的。

——中國網路作家　咪蒙

寫作，是實現我們和世界、和陌生人連接的載體，是這個時代每個人的職場核心競爭力。

遺憾的是，很多人對於新媒體寫作，從當年的看不上，變成了如今的看不懂。憑什麼啊？不就是寫文章嗎，有什麼難的？於是蠢蠢欲動，開了公眾號，一股腦兒地打起文章來。

遺憾的是，很多人還是用傳統寫作的認知來理解新媒體寫作，不知道從何下手，不知道如何寫出有閱讀量的文章。寫了一段時間，望著少得可憐的訂閱人數，失去了堅持的動力，多半放棄。

好多讀者把他們寫的公眾號文章發給我，讓我幫他們看一下，給些修改意見。而我經常很無奈。我不看內容，光看文章風格和表達組合，就知道這篇文章不會有閱讀量。因為新媒體寫作和傳統方式的寫作根本算是兩個物種，閱讀情境、表達方法、呈現模式，完全不一樣。

・・・新媒體的本質

我和李叫獸第一次見面，是在二〇一六年八月的一個夜晚，北京七六八茶館，我們一起喝茶。

兩年前的李叫獸，還沒有去百度做副總裁，憑著深刻的思維和洞見，已經成為在新媒體行銷圈的頭號人物。

兩年前的我，公眾號規模不大，還沒有做知識付費，沒有商務廣告，唯一能拿出來說的，就是剛出版了自己的第一本書。

那一晚我們邊喝茶邊聊天，聊了一個小時左右，大概主題就是非常看好中國這幾年的社群網路浪潮，還有新媒體的機會。

那次聊天後不久，李叫獸團隊被百度收購的消息就在網路上洗了版，他成了百度最年輕的副總裁；而我這兩年也是各種折騰，踩著新媒體的風口，做成了幾件還算得意的事情。

我和李叫獸交流的機會特別少，尤其他去了百度後，我們彼此忙著各自的事情。直到前不久李叫獸給我發微信，說有時間見個面約喝咖啡，我說當然好呀。而當時我並不知道他已經準備離開百度，直到當天下午翻朋友圈，才看到李叫獸宣布離職的消息。

網路上有很多人討論李叫獸和百度的關係、人生的選擇價值等，我覺得都沒什麼意義，我們沒有資格、也沒有能力去評價這件事情。

而真正讓我特別有感觸的是，從二〇一六年到二〇一八年，其實也就短短兩年而已，我自己也好，李叫獸也好，我們的人生都發生了巨大的變化，我們都是這一波社群網路服務，尤其是新媒體的受益者。

新媒體不是一個行業，而是一種工具

好多後知後覺的人這兩年才猛然意識到，新媒體是上帝留給每個普通人快速崛起的門票。

很多人對新媒體這個行業還存在傳統的落後觀念，覺得新媒體是一個新的行業，和自己沒什麼關係。

而這種觀念大錯特錯。

新媒體不是一個行業，新媒體人也不是一個職業，而是我們每個普通人都應該熟悉運用的高效工具。

那些看懂新媒體、運用新媒體的普通職場人，這幾年做公眾號、拍短影片，連自己的朋友圈都用心經營。短短兩三年，這些人的月收入就從剛脫貧到翻了幾十倍，並且成功地在網路平台上打造出自己的個人品牌。

我身邊這樣從普通人到人生贏家的範例比比皆是，雖然不是一夜暴富，但是人生十倍增長的速度，還是很嚇人。

而另一些人，把新媒體當作一個陌生的新行業，站在岸邊冷眼觀望。他們一定沒有意識到，那些提早游進新媒體海洋的人可以變得如此成功，而更令他們著急的是，他們都不知道這一切是怎麼發生的。

人最怕的不是意識到自己落後了，而是根本不知道是怎麼落後的。

競爭，是高效率淘汰低效率的過程

首先，請仔細思考一下這個問題：國與國的競爭，人與人的競爭，競爭的本質是什麼？或者說，我們都在競爭些什麼，比什麼？

這個問題很重要。在我看來，一切競爭的本質，是效率之爭。歷史的演化、文明的進步、新技術的出現，本質只有一個：高效率淘汰低效率。從蒸汽革命到電力革命，到如今的網路技術；從人工到機器，從馬車到汽車再到如今的電動車，都在遵循這一項本質——更高的生產效率淘汰落後的低效率。

而一項技術從興起到流行，對每個人的影響是什麼？

我必須告訴你一個殘酷的事實，技術的本質不是讓所有人的生活變得更美好，而是把之前同樣的一群人分成兩類，一類是掌握新技術的人，成為財富新貴、人生贏家；另一類是沒有掌握新技術的人，他們因落後而被淘汰。

歷史就是這樣不斷重複，只不過換了一種演繹方式，本質上就是：技術革命帶來產業革命，產業革命帶來行業革命，而行業革命會深刻改變每個人的命運。

好了，解釋完這個理論概念，我們再回過頭來看新媒體的能量。

新媒體就是這一輪網路技術的產品，以微信、公眾號為代表的網路社交軟體，代表著目前社交傳播的最高效率。

舉幾個簡單的例子：

為什麼有些寫作能力強的人，在傳統媒體沒沒無聞，到了新媒體平台後卻成為影響力很大的知名人物？比如咪蒙等一批自媒體網紅。

為什麼一個抖音十五秒的「答案茶」[11]短片，就可以讓一個奶茶產品火到連開幾十家分店？這個十五秒短片的宣傳效果，相當於成千上萬傳統廣告投放的效果。

為什麼一個專業老師，在傳統教育機構當老師一年賺不到百萬，但是到了新媒體平台做知識付費產品，一堂課就可以賣到上百萬元？

其實這些本質上是同一個原因——新媒體的傳播效率，把一個人原本的能力放大了無數倍。

比傳播更重要的，是累積固定用戶

然而，光有傳播效率是不夠的。

新媒體真正厲害的不是高效率傳播，而是傳播背後的累積與訂閱關係。用戶看到你的文章或者影片，如果感興趣，可以訂閱你的公眾號。一旦形成訂閱，就表示用戶和你建立了最直接的社交關係。

所以，就算你在公眾號上寫了一百萬字，如果不能轉化成訂閱關係，這個傳播是沒有任何價值的。傳統媒體就是因為沒有高效的訂閱關係，才沒有太大的影響力和商業價值。

一百萬字如果能帶來五十萬或者一百萬的訂閱用戶，才是真正的價值。

再舉個簡單的例子。如果一個品牌方找你做廣告，給了你十萬元廣告費，那麼，這個廣告費，是因為你寫了一百萬字，還是因為你有一百萬訂閱用戶呢？明顯是後者。因為訂閱關係的本質是注意力，

也就是說，你收穫了一百萬訂閱讀者的注意力和信任感。而注意力和信任感，是最大的商業價值。

這就是新媒體最強大的核心，不是因為大眾所理解的傳播效率，而是訂閱關係。

明白了這一點，我們再來看看，如何將新媒體思維帶入寫作過程中。

沒事別想不開做公眾號

一些關注我的朋友可能聽我在各種場合說過，「我透過寫作，跟更多優秀的人進行連接，實現了職場的彎道超車，獲得了網路紅利。」不過，這只是故事的開始，只是硬幣的一面。

11 「答案茶」為中國一爆紅的茶飲品牌，以「可以占卜的茶飲」創造出現象級風潮。

在外人看來，我的職場發展如日中天。然而，只有我自己知道，未來每一步都要小心謹慎。當你擁有愈多時，風險承受能力就愈小。

硬幣的另一面，是我多次試圖職場超車，卻接近職場翻車，是真實的、哭笑不得的痛苦。現在回顧從前，我把公眾號寫作期分為三個階段，無論處於哪個階段，都是一把辛酸淚。

初始期

這是最令人興奮的時期。

在你手機裡的一長串訂閱號中，居然有一個是屬於你自己的，顯示著你精心設計的名字和頭像。這感覺實在太棒了，空氣都是鮮甜的，世界都是你的。

平時下班後慵懶的你，突然被創作的激情填滿。於是，你乾脆俐落地點開「新建圖文消息」，敲下了大段大段的個人感悟，心想：多年壓箱底的才華終於要見光了。

但是，過沒多久，出現尷尬局面。你發現，第一篇文章，就是閱讀量的巔峰。

頭兩篇文章推送出去後，你興奮地在朋友圈宣告：「我開公眾號啦！」反應很不錯，收到很多讚，有幾位朋友也在幫你轉發。

於是，興致頗高。後來，每次寫完後立刻就推送，迫不及待想看到全世界的反應。你選擇大白天發布，是自信：我有一天的時間讓文章的熱度發酵！

結果，現實啪啪打臉。

你的朋友圈死一般沉寂。你也不好意思再讓朋友轉發，次數多了，就跟集讚換小禮品一樣招人煩。只有你的爸爸媽媽男朋友女朋友持續給你豎大拇指。

可你還是心心念念，一天登錄無數次後台頁面，但是，粉絲數就是不漲。

如果哪篇文章的閱讀量破了三位數，你立刻歡歌起舞。這時，你心想：保守估計能多十個粉絲吧，我的要求並不高。結果，興沖沖登錄後台，發現粉絲數不僅沒增加，還少了兩個。嚴重的挫敗感來襲。

公眾號事業，卒。

倦怠期

走到這一步的朋友們，基本都找準了垂直領域的方向，不忍心放棄好不容易攢起來的人氣。特別是粉絲數破了四位數後，心中燃起希望的小火苗：

「我是有希望吃這碗飯的！」

「我要漲粉[12]！漲粉！漲粉！」

12「漲粉」為網路流行用語，指快速並大量地增加粉絲。

此時，你最大的夢想，就是在粉絲數破萬時成為流量主，能開通底部的廣告條：讀者每點擊一次，就能分給你幾毛錢。

然而，每次你看別人的文章時，是無論如何都不會點那個按鈕的。為了導流，你在其他社交媒體不厭其煩地複製貼上自己的文章，在底部附上公眾號的訂閱連結，儘管有時候會被刪掉。

於是，你有了好多新身分，比如「今日次條號作者」、「豆瓣醬作者」、「知糊答主」……

結果，轉化率還是原地不動，沒多幾個粉絲。

你不甘心，偷偷地上網搜尋：「微信公眾號如何漲粉？」不太敢讓別人看見你的渴望和絕望。你發現，好多人都曬出漂亮的後台資料，分享了上千字的經驗。可惜，大多數方法你都不能用。

其實最粗暴簡單的方法，就是買「殭屍粉」，滿足一點點虛榮心也好。

可是，沒錢。

此時你已經身心俱疲。最初希望能靠才華吃飯，擺脫窮；現在才華都快被吃空了，還是窮。

公眾號事業，卒。

平穩期

從初始期和倦怠期倖存後，你覺得自己的公眾號大概也就那樣了，不抱什麼大紅大紫的期望，就當工作之餘的消遣，順帶發洩情緒。

某天，你加班累了，決定寫篇文章，吐槽在創業公司的艱辛，標題是〈沒事別想不開去創業公司〉。

寫完文章，你和往常一樣去樓下蘭州拉麵館，點了碗牛肉麵，咬咬牙加了一份肉。

結果，文章居然傳開了，閱讀量衝破了幾百萬，多了好幾萬粉絲。狂喜、迷惘，你就這樣莫名其妙地走紅了。

新的煩惱出現了。

幾天不更新，粉絲量就幾百幾百地往下掉，逼迫你不斷去寫，和工作繁忙期撞在一起可就苦了。

撞上熱點新聞就更慘了。深夜看到突發事件，從床上爬起來打開電腦，強迫自己清醒以整理思路，卻發現好幾個公眾號都搶在你前面，把文章發出來了。

然而，儘管一路煎熬，你還是會選擇堅持寫作。

因為你跌跌撞撞為自己打磨了一把職場利器，不斷增加含金量，逐漸變得不可替代了。

如果你對以上所述深有同感，或被卡在其中某一階段，下面是我總結的關於新媒體寫作和運作的一些心得，希望能幫你更快觸發、突破瓶頸。

新媒體寫作的基本原則

什麼是新媒體寫作？我想用這麼一句話概括：**新媒體寫作始於刺激，陷於選題，忠於邏輯，癡於文筆，止於經營。**

刺激，始於標題

手機閱讀時代的公眾號寫作，到底標題重要還是內容重要？很多人也許會說，標題當然沒有文章重要，內容為王呀！錯了，在新媒體時代，一個標題，往往決定了你的文章的閱讀量和傳播力。

我們的朋友圈每六秒更新一次，每個人的公眾號訂閱數至少十幾個，多的可能有幾十個。好的標題是成功的第一步，所以我們要做的第一件事就是讓別人產生打開文章的欲望。

我經常講的一句話是：標題決定打開率，內容決定轉發率。而真正厲害的標題，甚至就能決定轉發率。

拿我幾次寫作課的文案來舉例：

・第一期寫作課的標題是〈不會寫作的你，正在失去職場競爭力〉
・第二期寫作課的標題是〈寫作是這個時代最好的自我投資〉

如果你從來沒看過這兩個標題，你覺得哪個標題會讓你更想點擊進去看看？是不是第一個？為什麼？

因為〈寫作是這個時代最好的自我投資〉，觸發的是自我成長、自我實現的痛點，屬於馬斯洛的上層需求。而〈不會寫作的你，正在失去職場競爭力〉，觸發的是生存恐懼的底層需求，撩起的是底層痛點。

所以，先不講內容，只從標題的角度來說，〈不會寫作的你，正在失去職場競爭力〉比〈寫作是這個時代最好的自我投資〉更能戳中你。從讀者留言和學員回饋來看，確實也是這樣。

我始終覺得，對新媒體寫作來說，在標題上花再多時間也不為過。標題的寫作需要長期的刻意練習，不斷地寫，不斷地改，我在第四章裡提過一些方法。這個過程可能會很痛苦，但好文章都是修改出來的，好標題更是修改出來的。

在修改的過程中，也要看用戶回饋的資料，進行用戶預期管理。比如，咪蒙的團隊會給一篇文章出一百多個標題，然後進行投票，雖然偶爾她會任性，但保證了基本的優秀水準。

當然，對於任何寫作來說，內容都是核心，不能讓讀者打開我們的文章，罵一句標題黨之後就關上，這毫無意義。這樣一來二去，打開率上去了，取消關注的人數也上去了。人心都是敏感的，你怎樣對待你的內容，用戶感受得到。

痛點，決定選題

什麼樣的主題能夠打動人？為什麼你的主題令人無感，而他的主題人們就有共鳴，其背後的原因是什麼？

好的主題，一定能戳中人性的痛點，也就是讓人一看就會有反應。所謂痛點，就是每個人內心的心魔。在某個安靜的夜晚，它們會爬出來讓你心神不寧，讓你糾結，伴隨你的一生，無法掙脫。比如我們一生渴望財富自由，那掙錢一定是個痛點。李笑來老師在「得到」有個專欄「通往財富自由之路」，即使內容和財富自由並沒有什麼關係，但是光這個專欄標題，就贏了。

我總結了四個人性中的永恆痛點：

第一個，事業上的激進與保守。典型的例子是大城市與小城市的矛盾和博弈，是在大城市奮鬥打拚，還是回到家鄉，到小城市過歲月靜好的生活？內容媒體新世相刷爆朋友圈的「四小時後逃離北上廣」[13]，除了活動策劃得很好外，主題本身切入的就是這個痛點。

第二個，生活上的穩定與冒險。

我的一位好朋友李尚龍，是百萬暢銷書作家，曾寫過一篇〈你所謂的穩定，不過是在浪費生命〉，當時真的是刷爆了朋友圈。我自己寫過一篇爆款文，叫作〈體制內外，甲方乙方〉，講的是體制的穩定與外面的精采和無奈的故事。當時《人民日報》與《經濟日報》等公眾號都轉載了，說明安定與自由也是一個長盛不衰的痛點。

第三個，認知成長的前與後。

獵豹移動董事長兼首席執行長傅盛有篇文章叫〈所謂成長就是認知升級〉。對於愛智求真的大眾，有關思維升級的文章，是很受歡迎的。對此，我曾寫過〈三種成本，決定你是一無所有，還是財富自由〉，我的朋友于小戈寫過〈年薪十萬和年薪一百萬的人差距在哪裡〉，講的都是思維方法對收入模式的改變，強調認知和格局的升級。

第四個，能力與平台的博弈。

近兩年，隨著「斜槓青年」概念的流行，很多年輕人都希望透過提升、拓展個人能力，擺脫收入來源單一、被平台規則束縛的傳統工作方式。個人能力與平台資源是相互博弈和補充的關係，也是職場人的永恆痛點之一。

說了這麼多，我們人性中的永恆痛點，究竟是怎麼來的？這些痛點的本質是什麼？

根據馬斯洛需求理論，人的天性中有很多情感訴求，比如自我存在、安全感、同理

13 「四小時後逃離北上廣」為內容媒體「新世相」策劃的一實體活動，號召四小時內願趕到北京、上海、廣州等城市機場的人，前三十名可得機票名額。此活動的宣傳文案在網上引起廣大的轉發與曝光，是一現象級的行銷活動。

心、恐懼、自我實現。當你觸碰這些情緒需求時，就比較容易戳到人性的痛點。

為什麼我們會轉發羅爾的那篇〈羅一笑，你給我站住〉[14]？是因為同理心。比同理心更底層的情緒是什麼？是恐懼、是生存。為什麼我們會轉發災難性的文章，是因為觸發了恐懼的需求。所以你看，寫文章的高手，一定是人性洞察高手。

接下來再看，面對同一個主題，我們如何選取角度。

比如明星出軌是一個全民熱點話題，基本上哪個明星一出軌，自媒體人就特別高興，蹭個熱點都能有很高的閱讀量。這是因為贏在熱點，熱點一定是好的主題，毋庸置疑。但是寫這個熱點的文章這麼多，你的文章能不能在「出軌」紅海裡衝出一條血路，就要看你找角度的本事了。

還記得羽壇名將林丹被曝出軌那件事嗎？大多數人都會寫出軌的內幕、對出軌的道德審判，以及如何找到真正的愛情等，說的都是大家已有的認知，無非是再強化一下而已。

很多自媒體的標題是這樣的：

- 林丹出軌：這樣的愛人，還要不要挽回？
- 林丹出軌了：婚姻中出軌的愛人，要不要原諒？
- 林丹出軌：女人該如何面對出軌的婚姻？
- 林丹出軌告訴我們：滿分的安全感只有自己能給

· 林丹出軌：這才是預防出軌最好的方法！

而我當時寫了篇文章，標題是〈人家都出軌了，你為啥還沒有上軌〉。讀者就覺得很獨特，很新奇，還有點兒意思。這篇文章發出四個小時後，閱讀量就達到了十萬以上。這就是一個好的主題，加上一個好的角度，帶來的價值。

沒有邏輯的內容，就像沒有氣質的美女

講完了標題、主題的重要性，具體行文的時候，還需要一個邏輯框架來支撐你的整篇文章。

首先我要強調一點，沒有邏輯的內容，就是流水帳。流水帳式的邏輯框架，不管是對傳統寫作，還是新媒體寫作，都是不可接受的。

新媒體寫作的呈現方式和傳統媒體不一樣，密度更高，表達更加視覺化，但是並不意味著比傳統寫作的門檻要低。好的文章，不管是傳統寫作還是新媒體寫作，它們都有一個共同點，就是讓讀者饒富興味地把整篇文章看完。而公眾號閱讀是碎片化的，讀者注意力很容易被分散，所以你在搭文章的邏輯框架時，一定要有密度、有轉折、有懸

14〈羅一笑，你給我站住〉為媒體人羅爾在女兒羅一笑因二度病危進入加護病房時，寫下的心路文章，引起數以萬計的人同情。

疑、有承接、有金句。

舉個例子：二〇一七年我參加羅永浩堅果Pro手機的發表會，我很感動，就想寫一篇我和老羅的文章。我知道老羅的發表會屬於熱點，第二天肯定會有好多文章發出來，我就琢磨，選取一個什麼角度來寫呢？

如果我只是寫老羅就沒意思了，又不是一個採訪報導；寫這次發表會，就更沒意思了，因為沒有故事感。於是我想到我從大學時就認識老羅，一晃有十年了，就寫我眼裡的羅永浩的過去和現在，以及他對我這些年的改變的影響吧。

選好主題和角度之後，怎麼搭建邏輯框架呢？

如果一開始就寫「昨天晚上參加了老羅的錘子科技發表會，聽老羅講了多麼精采紛呈的句子，現場很熱烈，我很感動」，這就太普通了。

如果一開始就寫「我認識羅永浩是在十年前，那時候的羅永浩還是新東方厲害的英文老師，那時候的我還是一個懵懂的大學生，我是怎麼受到他的影響」，這樣寫也沒勁。

於是我決定按照商業電影慣用的手法搭框架，明暗兩條時間線穿插出現，用我和羅永浩的人物對比，兩條線索，兩組對比，打破讀者心裡固有的心流結構和邏輯認知，造成衝突和懸念。

開頭部分我是這麼處理的：

如果有一天賣掉幾百萬台幾千萬台的時候，傻瓜都在用我們的手機，你要知道這其實是給你們做的。

用羅永浩現場最感人的那句話作為第一段。

在昨晚的錘子春季新品發表會上，深圳春繭體育館，三個小時的演講，老羅說出這句話，全程唯一一次哽咽。

萬人體育場，四周響起歡呼、尖叫，觀眾席上的人興奮地喊著老羅的名字，在看台下的我，遠遠看著這位中年發福、印刻著時代的男人，壓抑了太久的驕傲。

我眼眶也有些熱，腦子裡回想起十年前在大學時代的那個夜晚，那座大學的體育館，和第一次見他的樣子。

二〇〇七年，十年前的夏天，那時候的我還是一個讀大二的大學生，一心想要去留學美利堅，籌備考托福，天天拿著GRE紅寶書背這輩子都可能用不到的生僻單詞。

不到兩百字，簡單介紹了現場最動人的部分，然後視線拉回到十年前。接著用交叉對比的手法，寫十年之間我和老羅兩個人物的變化。

十年前的你，正值憤青，和昨晚一樣，對著整個體育館幾千名觀眾狂侃幾小時。不一樣的是，十年前的你，肆無忌憚地談理想和情懷，罵行業的墮落，表達對這個世界的不滿，毫不留情地諷刺競爭對手。

十年前青澀的我，經常被你洗腦。人生似乎終於找到了正確的打開方式和正確發洩荷爾蒙的方法。當時的我坐在離你三十公尺遠，眼裡有光，內心有火。回家後繼續狂背GRE，先去美利堅，再改變世界。

十年後的你，經常低下驕傲的頭顱，經常自嘲自黑，從當年的覺得自己被歷史選中了，到現在的你還想怎麼樣。

十年後的我，美利堅已成為遙遠的夢，從上學到工作，從內地到香港，從打工到創業，從員工到老闆，幾年的鬱鬱，幾年的沉默，後來的孤注一擲，後來的風口，後來的一切。

當我再一次在觀眾席見到你，感慨歲月的軌跡，才是我們最大的意外。

「如果你覺得我們苦，只是你不知道我們的野心有多大而已，我們的野心大到不敢說出來。」羅永浩在昨晚發表會的最後，說出了全場最完美的ending。

這時候，再從過去轉到現場，彷彿過去的十年就是一場夢，如今拉回現實，接下來開始對羅永浩的評價和對未來的展望。

羅永浩的商業，多少帶些悲情理想主義，一直都是在紅海裡廝殺出一條血路，好像昨晚發布的堅果手機上那條悶騷氣質爆棚的紅線（the thin red line），被嘲笑一個教書匠做什麼手機，被吐槽做出的產品是垃圾，被侮辱一個相聲演員根本不懂商業。

在我眼裡，好的結構，就是不斷打破讀者心裡的結構預期，不斷撩撥讀者的胃口。

文采除了修辭，還關乎想像力

有讀者問：「我喜歡寫作，但文采不好，怎麼辦？」

受傳統寫作的影響，很多人對「文采」的理解是文風綺麗修辭華美，具體說就是放一堆排比句，有很多精妙的比喻。有人寫不出來，就認為自己沒有才華，不是吃這碗飯的。

在第四章裡我提到過，關於「文采」，其實沒有一個清晰的定義。我們普通人做自媒體，不一定要向大師的標準看齊。這裡再補充一點：新媒體寫作不是美文賞析，文采斐然當然好，但更重要的是你的觀點是否新穎，邏輯是否嚴密，表達是否簡潔清晰。

想想看，當你用兩三分鐘快速瀏覽一篇公眾號文章，你最在意的是作者切題的角度、觀點「說到心坎裡了」，還是每一段文字都有很多漂亮的修辭，「遣詞造句琅琅上口、回味無窮」？我猜多數情況下應該是前者吧。

手機閱讀時代，狹義上的「好文采」對一篇文章的作用是錦上添花，需要配合前面所說的好標題、主題、角度等，才能綻放光華，否則就成了無源之水、無本之木，看一兩段驚豔，看多了就會覺得沒勁。

廣義上的「好文采」，不僅指善用修辭，還包括能否激發讀者美好、特別的聯想。我寫過一篇〈別傻了，你永遠過不上有錢有閒的生活〉，裡面講到了有錢人更加忙碌的生活，以吳曉波老師為例。

吳曉波老師年輕的時候買過一座島，世外桃源，島上水草茂美。如今的吳老師，常穿梭於各個城市的酒店和萬米高空的航班，時不時會想念那座島和島上愜意的日子。而那座島，更多的是吳老師心中世外桃源的夢吧。

我並沒有說吳老師很忙，眼神很疲憊，身材愈來愈瘦，這些描是很直觀，所有人都能想到。我覺得好的文采，是把實際、具象的東西虛化，在讀者內心留下一個美好畫面，給人豐富想像的空間。

「青春是一道明媚的憂傷。」為什麼大家覺得好？那麼多關於青春的比喻，為什麼郭敬明的這句一說出來，就讓人印象深刻？除了「明媚」與「憂傷」之間的反差，更在於它不是直觀的情感抒發，而是婉轉的情緒表達。

當然，這句話剛提出來的時候，讀者覺得驚豔，後來被引用得多了，吐槽的也不少，你若再用，就是陳腔濫調了。

新媒體最強大之處，是「互動式閱讀」

一篇文章，從標題，到框架，到文采，每個部分這麼細分下來，當你寫完最後一個字的時候，是不是覺得大功告成了？不，在我看來，這樣只完成了一半。

你要問自己：

- 當初擬的這個標題，寫完文章後再看，還是不是最好的？
- 文章的結構排版，是不是有些需要分段？行距和字體是最舒服的格式嗎？
- 封面和內文配圖跟公眾號的調性相符嗎？

公眾號的文字大小、字體類型和顏色的選擇沒有固定標準，原則是不斷地去感受讀者看你文字時的視覺體驗，多嘗試、比較，找到自己喜歡、讀者回饋不錯的形式，固定下來，就成了你的風格。

像我的公眾號文章標題一般用十五號字，因為我覺得十六號字偏大，十四號字偏小；我的正文文字大小是一四．六三磅，行間距是一．六倍，字間距是兩個字元，頁邊距是二十二字元。

除了文字，還要注意設置分段格式，引導用戶視線，估計讀者在什麼地方看累了，就引導讀者換一種方式休息一下。這一點非常重要，也直接影響你的文章是否能流暢地被讀下去。

本頁的兩張圖片是我寫的同一篇文章分段之前和分段之後的效果，你可以看看不分段和分段的區別。

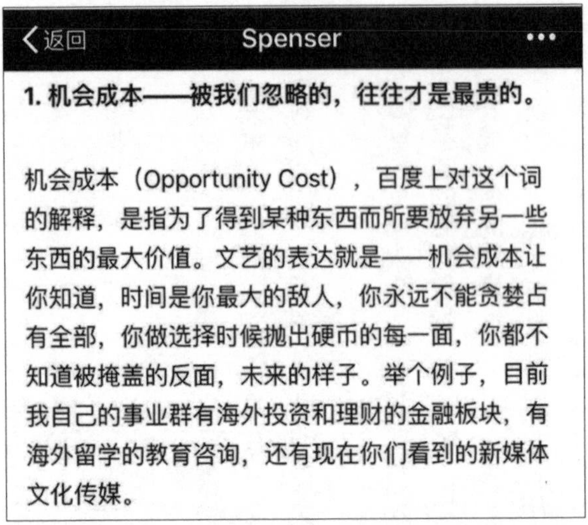

返回
Spenser
1. 机会成本——被我们忽略的，往往才是最贵的。
机会成本（Opportunity Cost），百度上对这个词的解释，是指为了得到某种东西而所要放弃另一些东西的最大价值。文艺的表达就是——机会成本让你知道，时间是你最大的敌人，你永远不能贪婪占有全部，你做选择时候抛出硬币的每一面，你都不知道被掩盖的反面，未来的样子。举个例子，目前我自己的事业群有海外投资和理财的金融板块，有海外留学的教育咨询，还有现在你们看到的新媒体文化传媒。

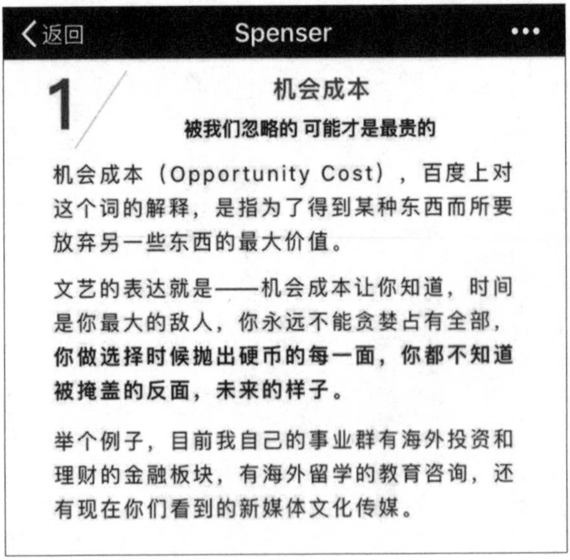

返回
Spenser
1
机会成本
被我们忽略的 可能才是最贵的
机会成本（Opportunity Cost），百度上对这个词的解释，是指为了得到某种东西而所要放弃另一些东西的最大价值。
文艺的表达就是——机会成本让你知道，时间是你最大的敌人，你永远不能贪婪占有全部，你做选择时候抛出硬币的每一面，你都不知道被掩盖的反面，未来的样子。
举个例子，目前我自己的事业群有海外投资和理财的金融板块，有海外留学的教育咨询，还有现在你们看到的新媒体文化传媒。

或者看看咪蒙在公眾號上的文字，每一句話都會分段，是不是感覺在看這些文字的時候更輕鬆些呢？

如果你對文章足夠有信心，內文不配圖，也沒關係。但封面圖片一定要做好，這會影響打開率。顏值即正義，好文章就該整整齊齊清清爽爽出去見人，不是嗎？有句話說得好：沒人有義務透過你邋遢的外表看到你閃光的心。

注重顏值，說到底其實是為美付出成本，因為美也是一種生產力。精美的配圖、精緻的排版、設計過的首尾，不論你是為此花錢還是花時間，都會讓人感覺到作者對於內容的尊重和認真的態度。如果你明明很認真地在寫文章，卻在顏值上吃虧了，我覺得還是挺可惜的。

精心排版、反覆預覽之後，選擇一個恰當的時間點把文章推送出去，終於可以鬆一口氣了？

不，你還有留言沒有回覆，還有評論沒有放上精選。

不要小看留言和評論。與傳統寫作相比，留言本身就是新媒體內容創作的一部分。在我看來，透過留言即時互動，是新媒體最有趣也最強大的地方。

很多讀者告訴我，我的留言比文章還有意思，大概因為我的留言比較有趣吧。高品質的讀者評論總能激發我深入思考，或換個角度看問題，回覆這樣的評論我也會格外用心。

高手在民間，群眾的眼睛是雪亮的。有人善於發現並指出文章的不足，有人喜歡分享自己的故事，有人一邊表達同感一邊對你的觀點做補充。瀏覽這些評論，與大家互動，能給我很多啟發和樂趣。

我認為，和讀者做朋友，把讀者當家人，和他們交心，所謂粉絲黏性，正是來自這樣的點滴積累、親密互動、以心換心。

・・・寫金句是人人都需要的呈現

我發現，有傳播力的好文章，一定是既有不錯的認知高度，又有很多金句。沒有金句的文章太乾，會讓讀者分散注意力，無法獲取共鳴。

人們常說「酒香不怕巷子深」，如今這個時代，這句話顯然不適用了。酒香也怕巷子深，況且這空氣裡還瀰漫著什麼味道，我們不得而知。我覺得要想透過寫作來建立用戶的認知，進行認知占領，有時適當的「雞湯」也是需要的。

很多人反感「雞湯」，好像「雞湯」特別沒營養，其實仔細分析一些散文大家的內容，也有很多「雞湯」的成分，只不過你別真的只有湯。

「雞湯」是負責傳播的，恰到好處的節奏感可以增強用戶的閱讀體驗。尤其對公眾號寫作來說，文章要有可讀性，就得既有料又有趣，要有「雞湯」感但不能是純雞湯，人家可能忘記你說了什麼，但記得那句特別的話，這便是金句的作用。

究竟什麼是金句呢？在我看來，金句就是一句話的文案，是品牌或者內容最有衝擊力的呈現。金句能夠戳到讀者內心的痛點，讓他在心裡喊一聲：太正確了！

這樣說你可能會覺得有點抽象。有一個美食菜譜網站叫作「下廚房」，它有一句非常經典的文案，也就是金句，相信你應該知道——唯有美食與愛不可辜負。聽到這句話，你心裡是不是立馬發出了「哦」的聲音？這句話是不是特別符合品牌內容的定位？簡單直白的一句話，卻能讓你過耳不忘。

再舉一個汽車廣告的例子。別克君越的金句只有六個字：不喧嘩，自有聲。就這麼簡單的六個字，意境全出，在說車，也在說人。這裡的人說的是新君越的目標群體——社會菁英。

還有金士頓，記憶體產品的製造商，可能不少人用過它的隨身碟，那麼它的金句是什麼呢？也許你沒聽過，但是這一句只要你一聽，大概就忘不了——記憶，永遠都在。又是六個字，不用我再贅述什麼，任誰都可以明白這一句話和品牌的聯繫，就這麼一句話，品牌的內涵呼之欲出。

我認為，寫金句是人人都需要的呈現。一句簡單的話，一份深刻的內涵，是對讀者的負責，也很符合目前碎片化閱讀的情境。現在人們看一則消息和一篇文章的時間愈來愈短了，為什麼叫刷文章、刷朋友圈呢？唰地一下就過去了，特別形象化對吧？有些文章讀者可能只看到文字加粗的部分，那麼一兩句話能否打動讀者便成了關鍵。

金句是吸引注意力的好方法，因為它短，一眼就可以看完，一眼就可以讓讀者產生共鳴，讀者內心覺得就是這麼回事，特別有道理，才會有興趣繼續關注，才會將自己的注意力放在你這裡。不然寫文章、寫公眾號的這麼多，讀者憑什麼看你的呢？金句就像一塊敲門磚，先敲開讀者的心，才有接下來的故事。

咪蒙早期被微博、公眾號瘋轉的文章〈所謂情商高，就是懂得好好說話〉中，結尾寫道：「智商決定你的下限，情商決定你的上限。你說話讓人舒服的程度，能決定你所能抵達的高度。」

這無疑是一句號召力極強的金句，高度概括了自己的觀點，對仗的形式又顯得有深度，便於人們記憶和轉發。

所以你看，文章中一句精鍊、經典的話，會讓讀者印象深刻。就算忘記了整篇文章，只要記得這一句，讀者就能明白你洋洋灑灑寫了上千字是為了什麼。

・行銷文案寫作的思路與套路・

當你註冊好一個公眾號，你打算怎麼行銷？

從百度隨便搜尋一張圖片做頭像，簡單寫幾句個人介紹，然後再隨便說說「歡迎關注」。然後呢？還需要寫什麼？

功能介紹

當你註冊了一個公眾號之後，你需要介紹你是誰、你是做什麼的。這樣做的潛台詞就是：朋友來吧，歡迎來和我一起玩；關注吧，絕對不會讓你失望的。

比如我的公眾號的功能介紹是：「我是Spenser，香港第一自媒體人，金融圈職場老司機，這裡有近百萬城市新青年啦，你怎麼才來呀。」

這裡有三個關鍵點：第一，香港；第二，金融；第三，近百萬城市新青年。

為什麼我要用這三個關鍵點呢？主要是讓大家對我有一個粗淺的認知：第一，所在香港；第二，主業做金融的；第三，公眾號定位是城市新青年，已有近百萬關注者。

之前我還曾用過「文藝男中年」的提法，主要是一種自嘲的風格，想表達這個公眾號是一個人，活生生的人，有點小文藝趣味的人，而不是一個冷冰冰的機構，一個行銷號。

當讀者看到這樣一個介紹之後，就會覺得作者是一個有能力的人，是一個非常有趣的人，也許就想要去跟隨他，想要關注他。

個人定位

當讀者關注了你的公眾號，那麼接下來要去加深他對你的印象，嘗試留住他。隨著公眾號的發展，個人定位應不斷調整。如我曾經用過的公眾號回覆就有：

- 恭喜你關注這個公眾號，說明你是有調性的人。
- 我是Spenser，本職在香港做金融，也是非暢銷書作家。這是個人的場子，歡迎你來撩，前提是你不悶，有趣。

關注回覆

我們在公眾號寫作，可以把公眾號想像成一個便利商店，你是便利商店的主人，那麼當顧客走進來之後，你是不是要先說一聲「歡迎光臨」呢？其實「關注回覆」就是那一聲「歡迎光臨」。

比如和菜頭的公眾號「槽邊往事」，他的關注回覆特別有意思。他對新關注的朋友說：「留言我會選擇部分回覆，請不要刷屏，不然我會順著網線過去掐死你。」當你看到這句話的時候，你會感到特別親切，就像一個老朋友在和你開玩笑。當然，後來的回覆改變了一下，用了最簡單的表情符號，也挺有意思的。

按鈕設置

顧客進了你的小商店，他肯定是想買點東西的。既然他是帶著期待進來買東西的，那麼你的公眾號小商店可以賣點什麼呢？

這個時候就需要把你的產品，你過去一些好的文章，你的自我介紹，你最想讓顧客點擊的網址放上去。

比如最近我上寫作課，就把寫作課放到了最左邊的按鈕，然後我還有一些「十萬以上」的好文章，我也會讓不了解我的人去點擊。最後我還會放上商務合作和我的招牌文章連結，目的就是希望新進商店的朋友能夠在貨架上找到他想要的商品。

視覺風格

具體到每一篇文章，要保持視覺風格的一致性。

第一，首圖。

讓人看到一篇文章時首先看到的是圖片，而不是密密麻麻的文字。

第二，引言。

常用的引言有「這是某某某的第多少多少篇原創文章」，這樣做的目的是告訴讀者，作者已經寫過很多很多文章；暗示讀者，作者本人還是很厲害、很能堅持一件事的。

有些公眾號會在文章開頭說：「這篇文章一共有多少文字，需要花幾分鐘閱讀。」一目的是告訴讀者，這篇文章只需要很少的時間就能獲得大量的知識，從投資報酬率來看，讀者看這篇文章是非常划算的。

第三，正文。

從排版，到句式，到表達節奏，要適應手機閱讀的感覺。比如，分段更頻繁，句式要變短，用熟悉的名詞解釋陌生的東西。再比如，傳統寫作是每段開頭要空兩格，但是手機螢幕上，既然已經出現了分段，就不需要在開頭空格，而是直接頂格開始寫就可以了。

連結設置

文章底部的連結設置非常重要。不要高估讀者的耐心。當你的文章被轉發，文末連結有助於讀者一鍵跳轉到你的公眾號，成為新的關注者。

我特別想提醒的是，連結風格一定要符合文章的整體風格，圖文設計要凸顯你的特色，讓人印象深刻。

很多人喜歡在連結上加一句「喜歡這篇文章的話，就請分享給好友或者朋友圈吧」，直白是直白，誠懇是誠懇，但不知道如今還有多少讀者會在看到這樣的話後，「聽話」地去轉發。

我覺得，比起苦口婆心地「請求轉發」，還有一種比較好的做法，是給予直接的利益刺激，即分享後能得到直接的好處，比如，贈送一本電子書、請喝一杯咖啡等。或者，在文章結尾用金句刺激的方式給讀者一個轉發的理由。具體怎麼做，先賣個關子，我會在下一章揭開謎底。

·第九章·

人人都能寫出爆款文

天才的唯一秘密，就在於刻意練習，用自己一套系統性的方法，不斷突破自己的邊界。

——《刻意練習》作者　安德斯·艾瑞克森

經常有學員告訴我：「你講的很多理論，我都覺得特別有道理，我也去實踐了。但是在寫的時候，發現講的和寫的還是不太一樣，操作時總感覺無法把每一個點在具體的場景裡運用出來。所以，我特別想知道你是如何一步步，從一開始的靈感、選題、標題、角度，到後來的正文、結構、結尾，再到什麼時候發布，你這一套流程是怎麼做下來的。能不能給我們詳細拆解，還原一下過程？」

這是一個很好的問題。

怎麼回答這個問題呢？後來我想了想，那就乾脆詳細地、庖丁解牛般拆解一篇我寫過的爆款文章好了。雖然跟很多自媒體大咖比，我的文章可能有些拿不出手，但寫的時候還是花了很多心思去考慮每一部分的寫作要素。相信分享我寫一篇文章幾乎所有的思路、心路歷程，學習者會有一種更好的體驗和代入感，也算是拋磚引玉了。

其實，即使不追求爆款，我們普通人寫文章，還是希望能被更多的人認可、喜歡。在這個資訊碎片化和資訊更新極度迅速的時代，爆款文無疑符合大眾群體的閱讀習慣。當下每個人都是讀者，也都有潛力成為爆款文的寫作者。當打好寫作基礎之後，再研究透徹爆款文的寫作技巧，多加練習的話，其實每個人都能寫出屬於自己的爆款文。

當然，爆款文是有偶然性的。你追熱點寫的文章不一定會成為爆款，但是仍然要多看、多寫，多做一些準備，寫出爆款文的機率才會變大。寫十篇出一篇爆款可能比較難，寫一百篇出爆款的機率就大了很多。

不知道怎麼寫是因為看得太少，寫得不好是因為寫得太少。有時候你寄予厚望的文章沒有得到預期的回應，而不經意寫的一篇文章卻成了爆款，這都是有可能的。我自己也沒有辦法保證篇篇爆款，但是朝著對的方向走，你才會有更大的機會。

什麼是爆款文？

首先，對於爆款文這個說法，必須有自己清晰的認知和定位。

很多人以為爆款文就是一不小心紅了一把，然後就沒有然後了。事實上，幾乎所有的自媒體領袖都是靠一篇篇爆款文一次次堆起來的，可以說，你寫的不是爆款，而是巨大的人生機會。

每個人對爆款文的定義不一樣。對我來說，我心裡有大爆款文和小爆款文之分。大爆款文是閱讀量超越百萬級的，比如〈沒事別想不開去創業公司〉、〈你和頭等艙之間，差的不只是錢〉。幾百萬閱讀量意味著文章發表後那一兩天，你的朋友圈，你朋友的朋友圈，都是你的文章。

一天能夠漲粉五萬、十萬，這個叫大爆款文。我一直認為，這種爆款文能不能有，全靠命；雖然也有才華技巧的成分在裡面，但是這種現象級的出現，有太多偶然的因素。就像羅爾只有一篇爆款文〈羅一笑，你給我站住〉，鳳姐也就一篇〈求祝福，求鼓勵〉，范雨素只寫了一篇〈我是范雨素〉，基本上之後就沒看到他們的爆款文了。

所以，如果你一心想寫這種爆款文，現在就可以合上這本書，洗洗睡了。我沒有那麼大能力可以教你。

還有一種是小爆款文，就是比你平時的閱讀量高出三、五倍的那種文章。

每個公眾號的規模不一樣，比如平時只有一百閱讀量的，突然閱讀量到了一萬，這就是爆款文；平常有一萬的閱讀量，突然到了十萬以上，也是爆款文。而對咪蒙來說，哪篇沒到十萬以上，就說明不正常。

如果說大爆款文可遇不可求，那麼小爆款文章，我們普通人踮起腳、努力一下，還是可以搆得著的。接下來，我就詳細講講這種小爆款文應該如何操刀，如何把握好每一個細節，讓我們的文章一看就具有爆款的氣質。

怎麼找爆款點？

要想寫出爆款文，就要找到爆款點。爆款點有兩類，一是突發熱點，二是永恆痛點。

突發熱點是瞬間的，也就是我們常說的熱點事件。尋找這樣的熱點需要很強的敏感度，風口是有時效性的，愈早進入愈有競爭力。

讀者的注意力在哪兒，需要我們去洞察；有些所謂的熱點是假熱點，這需要我們學會鑑別；讓熱點成為爆點，也需要功力。就好比有些演員長得很好，演技也很好，很有潛力，但是能否一躍成為一線演員，需要導演的洞察，需要好的劇本、好的製作。

先人一步發現熱點之後，你還要有超強的行動力。不能等到有靈感了再寫，或者犯拖延症，寫兩行吃吃東西，再寫兩行聊聊天，等到熱點都冷了再發文章，去炒冷飯顯然是不行的。熱點一旦出現，有著最佳的追蹤時間，這個最佳時間一過，市面上相關的文章便會鋪天蓋地，讓人應接不暇，讀者也就失去了興趣。

判斷一個人是不是優秀的自媒體人，要看這個人對於熱點事件的捕捉能力。比如二○一六年的王寶強離婚事件。深夜十二點微博消息發出。當時我一個朋友十二點爬起來寫熱點，寫到凌晨三點，然後對助理說，他要去睡覺了，讓助理早上七點發文，於是第一時間發布了這條消息。當天漲粉三萬。之後跟進的文章一直在發酵，但是只有他抓住了第一波時間的紅利。

這是個拚時間的例子，再舉一個拚準備的例子。里約奧運的時候中國女排奪冠，當時領英中國的公眾號一分鐘後就出了文章，把我給看呆了。因為我是領英的專欄作者，我就問他們的負責人，這是怎麼做到的？她說，前一天晚上就準備好了兩篇文章，一篇寫贏一篇寫輸。

看出來了吧，什麼叫新媒體人的勤奮？

坦白地說，很長一段時間，我對蹭熱點有抵觸心理。我一直覺得蹭熱點有損自己公眾號的調性，而且總有一種投機取巧的感覺。但現在我不這麼想了。如果我可以借助熱點，讓更多的人看到我，讓我寫的有價值的東西更好地傳播出去，遠比我一味死守不蹭熱點要強。

從個體角度而言，我們是需要爆款文的，讓自己長久以來的積累得到引爆，產生更多的價值（無論經濟價值還是社會價值），爆款文本身也是個人品牌很好的注腳。換一個角度，我們的受眾也是需要熱點的。他們需要有新鮮的事件進入他們的視野，需要有不同的觀點來豐富經驗。

當下自媒體層出不窮，公眾號形態各異，如何在這快節奏的新媒體時代脫穎而出，引人關注？無疑是擴大自身的影響力。影響力大了，看的人自然增多，關注度也隨之上漲。有人願意看你的、聽你的，你的知識、觀念輸出才會傳播得更加廣泛並且快速，才能發揮你的價值。

自媒體的本質是讓自己成為超連結體。我們在自媒體上發布自己親眼所見、親耳所聞的事件以及傳輸資訊、表達觀點，追根究柢發揮的是連結功能。用戶透過你，可以連結到優質的內容、同頻的夥伴。當下自媒體過於冗雜，內容品質也良莠不齊。作為一個優質的、影響力廣泛的自媒體，應致力於傳播有效的高品質內容，連結更多的人，連結更多有價值的資訊和知識，才能創造出有無限可能的未來。

回到爆款文的話題上。爆款文需要快速捕捉熱點，但是熱點不常有，公眾號卻不能中斷更新。怎麼辦？痛點永恆。與之相關的話題，文章傳播性都不會太差。

我的一個好朋友，也是自媒體意見領袖「剽悍一隻貓」的主理人，曾經舉辦過一場重磅分享會。這場分享會的標題叫作「普通人快速崛起的十大狠招」。你看這個標題，字字直擊痛點：普通人，快速，崛起，十大狠招。

這樣的標題想不紅都難。

事實上，找爆款點的基本邏輯是提高對人對事的敏感度，基本邏輯的提升不僅有利於寫作，對學習、工作和生活也有很大幫助，很多東西都是相通的。記住，文章的外延是生活，是人性。

如果你覺得一個痛點不保險，寫作熟練之後，你甚至可以一篇文章打好幾個爆款點。舉個例子，月薪三千元和三萬元，打了穩定和奮鬥之間的平衡和矛盾這個點，同時還打了體制內外這個點。大家對這些點都很有共鳴，這些常見的痛點都可以去寫。但要把大家都痛的點寫活寫好，需要下一番工夫。

講完爆款文認知層面的要素，接下來講尋找爆款點的具體方法。

跟風口：有風來，跟進就能帶來一定聲量

二〇一六年七月上旬，北上廣百萬人上演「四小時後逃離北上廣」。這個活動你一定還有印象。這是新世相和航班管家共同策劃出品的，痛點是「北上廣」，抓住了這些

大都市人想留下又想逃離的內心矛盾。根據新世相的後台統計，發布活動三小時，這篇文章的閱讀量突破一百萬大關，評論五千兩百多條，增粉將近十萬，這個規模是一般活動望塵莫及的。從普通的上班族到廣告文案圈都在討論這場「說走就走」的旅行，活動熱度可想而知。

三個小時後，領英邀請我寫了一篇關於逃離北上廣的文章，名為〈你逃離不了的北上廣〉，全文反駁活動主題。文章從「北京也許是中國最有活力的城市」起筆，寫到了北京的好，也寫到了北京的不足，再由北京這個點拓寬到整個「北上廣」，將大城市的兩面性寫得清清楚楚，明明白白，利弊得失一眼就可以看出。文末指出，就算身體可以逃離，但是多年在城市裡沾染的氣質是融進生命裡的。

當天晚上發布的這篇文章，不出意外地紅了。畢竟真正拿到機票的人是少數，能真正逃離「北上廣」的人是極少數，我這篇文章紅了正是因為追到了這個風口。

成為風口：做厲害的事情，成為帶風的人

當然，不斷地追逐風口太累，很容易疲憊，而且這是一種被動的選擇。跟隨風口，如果簡化一下也可以說是「跟風」，這兩個字聽起來可能就沒有那麼舒服了。我們不能一直被動地跟隨，要選擇適當的時機主動出擊，去成為風口，去做厲害的事情，成為帶風的人。

新世相發起的一些行銷活動雖然有爭議，但從效果上看，不管後續的支持或反駁的文章有多紅，這個風口畢竟是他們製造出來的，他們是整個活動的最大贏家，無論是收穫的關注度還是商業價值的提升。被讚揚也好，被批判也罷，都說明一點，他們真的說中所有人的痛點了。

在自媒體圈裡，雖然靠蹭熱點跟風來出爆款文、漲粉不失為一條捷徑，但我常常在想，這樣的方式可以走多遠呢？如果影響力超過了自身的實力，在注意力如此短缺的時代，被人們拋之腦後恐怕也是一時半刻的事情。

有人會說，我不蹭熱點，我就是熱點。就像范冰冰說的那樣：「我不嫁豪門，我就是豪門。」多麼霸氣的宣言，說這樣的話是需要自信的。成為熱點固然好，但不是每個人都能做到。製造風口這件事很難嗎？說實話，非常難，要有過硬的實力，還需要靈感的閃現。

如果有這個實力，加上運氣不錯有這個機會，倒不妨迎難而上，讓自己成為熱點。被人來蹭我也不怕，我可以再製造熱點，我不跟隨潮流，我就是潮流。不得不說在這一點上，新世相做得很好，除了「北上廣」，還有「丟書大作戰」，一次又一次地刷爆朋友圈，一次又一次地證明了自己的實力。

找風口和成為風口，前者易，後者難。前者是大多數人選擇的路徑，說它簡單也是相對的，想在那麼多追風口的人中脫穎而出並非易事。成為風口的難度高於追風口，畢竟模仿容易，原創難。但是我們不能因為難就退縮，要急流勇「進」，不斷地提升自己，在機會來了的時候，把握時機，讓自己過去的積累可以有很好的呈現。

尋找情緒能量彙集的點

我曾寫過一篇文章：〈老闆和下屬最好的關係，是彼此成就〉。

在大部分人的認知裡，老闆和下屬之間是剝削與被剝削的關係。這沒錯，有人的地方就有江湖。但是，我洞察到這種關係其實並不讓人舒服，這種對立關係中積蓄了很強的情緒能量。

有情緒就會有觀點，有高能量的情緒就會有強勢觀點，這樣的強勢觀點就是自媒體人所喜聞樂見的爆款點。

揮正拍消解情緒，反手拍引爆情緒

找到爆款點就可以開始寫文章了。

爆款的打法有兩個方向，一個是正向的，去消解矛盾；一個是反向的，去引爆矛盾。以老闆和員工的關係這個爆款點為例，我選擇從正向去打，所以寫了篇文章叫〈老闆和下屬最好的關係，是彼此成就〉。

咪蒙也寫過這個主題，是從逆向打的，叫〈你看老闆是傻逼，老闆看你亦如是〉。

這一篇就是典型的反向引爆情緒。咪蒙非常擅長在文中找到一個同感點，在字裡行間讓你不經意就把自己的憤怒和共鳴放大。我有時候也用這種方式，比如我寫過一篇〈害怕被壓榨，還混什麼職場〉就是憤怒地反向引爆情緒。但我大多數文章是屬於正向打消解情緒的，公眾號定位不同，所以風格自然也是不同的。你怎麼選，就要看你公眾號的調性和價值觀了。簡單的原則是：乾貨號偏消解情緒，娛樂號偏引爆情緒。

雖然這兩篇文章的閱讀量都是十萬以上，但咪蒙的閱讀量比我的高，並不只是因為粉絲基數比我大，真正的原因在於：逆向爆款點天生更容易激發情緒化轉發。想想看，要是今天老闆剛罵了你一頓，回頭你看到「你看老闆是傻逼」這種標題，還能不轉？每個群組都得轉啊！

文章的輸出，實質上是價值觀的輸出。那麼價值觀在爆款點上的處理作用是什麼呢？價值觀決定整個文章的方向，特別是職場寫作，你是在用價值觀影響別人，文字只是載體。你之所以喜歡一個作者或者一個公眾號，很大的原因是你認同他的價值觀，你認同他看世界的方式。所以要記住，你的價值觀決定了你採用什麼寫作方式。

觀點中庸，等於平庸

新媒體寫作，特別是寫熱點文章時，一定要立場鮮明。要知道，沒有人反對，就沒有人支持。一個觀點出來有不同的聲音很正常，你的觀點愈鮮明，讀者的反應也會愈兩極。不要因為怕反對就不去寫，你可能說得不都對，但是不可以沒有立場，大多數時候，觀點的中庸等同於平庸。

立場就像一面旗幟，想要舉這面旗幟的人便會熱切轉發你的文章，他們贊同你的話，贊同你的觀點，你是他們的代言人，你說出了他們的心聲。雖然也有小部分情況是為了批評這篇文章而轉發，比如咪蒙的文章，轉發的不全然是支持者，但還是增加了文章的閱讀量，無形中增加了關注度。每次咪蒙一發爭議性很強的文章，不管別人怎麼說，依然有大批的支持者擁護她。對於鐵粉來說，咪蒙是他們的代言人，咪蒙代表了他們的立場觀點。所以你的立場非常重要，決定了你會吸引到什麼樣的人來支持。

我們說文章要有鮮明的旗幟，但也別亂選邊站，選邊站的底線是政治正確。你可以提出自己不同的見解，但是在某些方面要適可而止，不要挑戰道德或情感底線，也別為了和別人不一樣而不一樣。獨特的觀點，並不意味著要譁眾取寵，故意跟別人對著幹。

選邊站還要趁早，愈早立旗幟，別人的印象愈深，也愈有可能成為影響力最大的那個。我們大多會關注第一個、第二個，第三個怎麼樣可能就不太關心了，就像奧運，我們能記住的一般都是獲得金牌的人，或者是奪得首金的人。並不是說沒得到第一就是失敗者，而是說從傳播效率的角度，如果你想要別人記住你，那麼僅僅自我超越還不夠，速度也非常重要。

總結一下，尋找爆款點是要刻意訓練的。需要培養對人的敏感，對生活的敏感，要善於發現。很多素材和靈感就存在於我們的生活之中，要能夠把它挖掘出來，為自己所用，有輸入才有輸出。要想寫好爆款文，先從拆解別人的爆款文開始，會讀才會寫。

・角度決勝負・

對自媒體寫作而言，標題是入口，主題是情緒推進。

很多文章，我們是看到了標題，感興趣才會點進去，所以標題也是一篇文章的靈魂所在。文章的主題則是情緒推進，要讓用戶跟著你的文章有情緒的變化、情緒的起伏、情緒的推進。不能讓用戶在看前和看後沒有一絲一毫的差別。

接下來我要拆解的這篇文章，標題是〈我身邊離開體制的人，目前沒有一個後悔的〉。我會仔細還原我當時寫這篇文章的思考過程，根據什麼現象想到的主題，為什麼要選這個角度，為什麼最後取了這個標題，整篇文章的架構是怎麼組織的，起承轉合是怎麼銜接的，例子是怎麼選的，金句是怎麼用的，排版是怎麼考慮的。結合我在上一章提到的那些概念，針對每一個環節，解釋分析怎麼去做，並告訴你這麼做背後的邏輯是什麼。

首先聲明，我講的全都是自己第一手的經驗，並不保證全部正確，只是希望能對你有所啟發。

二〇一七年五月的一天，我坐在陽台，抽著煙，突然想起自己是三年前，也就是二〇一四年的五月遞交了體制內工作的辭職信，決定來香港念書，然後非常感慨，離開體制一晃已經有三年了，這三年裡，我看到好些身邊的朋友也都放棄了穩定的工作，擁抱了體制外的世界。於是內心翻騰，畢竟是一個世俗的文藝男中年嘛，就想寫一篇以「離開體制」為主題的文章。

在上一章，我總結了人類的四個永恆痛點，還記得是什麼嗎？簡單回顧一下：

第一個，事業上的激進與保守，典型的例子是大城市和小城市的矛盾和博弈。

第二個，生活上的穩定與冒險，也是一個長盛不衰的痛點。

第三個，認知成長的思維升級，成長是每個人的剛性需求。

第四個，能力與平台的相互博弈和補充。

所以當時一冒出這樣的靈感，我就知道，「體制內外」這個主題肯定是一個不太差的主題。

那麼接下來我該選取什麼角度呢？大家在選角度的時候，心裡一定要記住這麼一句話：「你有沒有在幫助讀者實現他自己？」

重要的事情說三遍。你的文章有沒有在幫助讀者實現他自己？你有沒有在幫助讀者實現他自己？

記住，是實現他自己，而不是實現你自己。這是完全不同的思維、不同的角度，這句話能夠決定你的文章成敗。因為人性有一個共同的弱點——關注自我，而很多人寫文章，只寫自己的感受，只表達作者自己的感覺，而忽視了讀者的情緒和代入體驗。這幾乎是個致命的錯誤。

舉個很簡單的例子。你有沒有發現，很多人在台上演講分享的時候，講到自己的經歷時十分深情，把自己感動得稀哩嘩啦的，熱淚盈眶，但是在下面聽的我們呢，面無表情，比較尷尬。

此時觀眾的內心戲是：你說得很好，但是，這和我有什麼關係呢？

有些人太容易無視別人的感受，陷入自我陶醉的狀態。而另一些人，也是分享自己的經歷，我們聽著就很感動，很有代入感。

舉一個例子，我們都知道《奇葩說》的黃執中吧，那個被很多人說是站在宇宙中心呼喚撒旦的傢伙。他在分享的時候，我們的注意力、我們的靈魂，都彷彿遇到黑洞一樣被他吸了進去。我一直很好奇，一直在研究，他是怎麼做到的？

有一期《奇葩說》中，辯題的想像力衝出了銀河系：如果發現了一枚外星生物的蛋，我們是該呵護它還是該毀滅它？

當其他辯手都圍繞蛋本身在討論的時候，只有黃執中在最後的結辯中說，這不是孵化蛋和拍碎蛋的問題，而是內心的好奇心和安全感的問題。

當他拋出這樣一個論點和角度的時候，其實他已經贏了，他把每個人都代入到一個熟悉的角度和場景，對不對？說實話，大家對於外星生物的蛋，其實真的沒那麼感興趣。而黃執中則把這麼一個假想題，拉到和每一個人都相關的好奇心和安全感上。厲不厲害？

他在現場說：

一個人如果沒有了好奇心，他，雖生猶死。

假設這個蛋現在真的在這裡，你沒有見過它。我沒見過鳳凰，我沒見過龍，（所以）我不知道它（這個蛋）怎麼孵，我不知道它會有什麼，我現在就要敲它。我一點都不想知道。會這樣想嗎？有人說會，因為它對我而言不重要。什麼東西對我而言重要？明天上班不能遲到，老師的報告要準時交，我要平穩的生活，這個月業績要達標。對我而言（我）只在意這些，這世界上有沒有龍關我什麼事，有沒有鳳凰關我什麼事，考試又不考。

你說，這叫作成熟。我說，這叫作死了。

因為當你啪的（拍）一下的時候，安全感，由衷的安全感。你不會有意外，不會有波折，連找工作都不要孵蛋，最好是找一個叫作鐵飯碗的工作。雖然每個拍碎蛋的人小時候也孵過蛋，但人是真的可以訓練的，只要給小孩足夠的時間練習，他就可以從一個孵蛋者變為拍蛋者。我沒有聽過鳳凰怎麼叫，我也不知道龍怎麼叫，我都不知道。

可是你知道，當你拍碎一個蛋的時候，你會聽到什麼嗎？你聽，沒有聲音。那就是安全感的聲音。

當他講完後，全場為之瘋狂。

為什麼會產生這種效果？因為黃執中完全換了一個角度，借助這個話題，幫助很多觀眾表達出自己從孩童到長大一直壓抑在內心深處的想法。我們認同他，因為他是在真正為我們表達。

此時觀眾的內心戲是：你說得太好了，我也是這種感覺，你把我想說的內容，都替我說出來了。

為什麼有的演講者只感動了自己，而有的演講者能讓觀眾高度共鳴，兩種截然不同的效果背後的心理本質到底是什麼？好的演講者，一定會讓觀眾覺得演講的內容跟自己有關，甚至感覺講的就是自己。

寫作也一樣。寫作過程中一定要把自己抽身出來，從讀者的角度去思考，不斷問自己一個問題：你有沒有在幫助讀者實現他自己？

所以，當我選定這個主題的時候，我就問自己：我有沒有幫助讀者實現他自己？或者說，我這篇文章，是想幫助讀者實現怎樣的自己？

具體怎麼幫助讀者實現他自己呢？

幫讀者表達想法

假設有一個讀者正在考慮離開體制，但是身邊的人都不支持他，這個時候，他想要解釋內心的想法，但無奈的是沒有強大的邏輯和文筆來說服別人。此時我正好選取了這個主題，理性客觀地來描述一些人離開體制的原因，以及在體制外的收穫。這樣的文章一經發出，就說出了這名讀者內心的東西，與他不謀而合。

接下來會發生什麼？這篇文章只要文筆和邏輯不是太差，他很可能會把這篇文章收藏起來，發給身邊最親近並且正在試圖說服他的朋友。

讓讀者塑造自己的形象

每個人都希望閱讀一些文章，來尋求自己的形象認同感。為什麼我那篇〈羅永浩，我們再給你十年〉能引起共鳴，很大一部分原因就是給了一群喜愛老羅的讀者一種身分認同感。

幫助讀者進行比較，哪怕是曬優越

二〇一七年我的第一期寫作課上線後，出乎意料地火爆。讀者的熱情讓我有點受寵若驚，也很開心，便寫了一篇〈第一次出來賣，一天賣了一百萬〉。說實話，當時我的心情就是無比驕傲，甚至有些小膨脹，於是想寫一篇文章裝腔。

結果很多認可我的讀者和第一期寫作課的學員，覺得自己能參與這次知識付費的現象級黑天鵝事件，也很自豪。然後我就看到他們在朋友圈裡轉發推薦，說這次寫作課很強，有幸參與，好不容易報上名等等，於是我們就一起愉快地「裝腔」了。

文章本身就能幫助別人

一些跟我們日常生活密切相關的乾貨文，尤其是顛覆認知或列出實用提示的，很容易獲得轉發率。這也就是像〈別點這些菜啦！餐館老闆最不想告訴你的三個點菜秘訣〉〈黃瓜竟有這個功能！早知道每天吃一根了〉這樣的文章橫掃咱們父母朋友圈的原因。

雖然其中不乏標題黨，甚至誤導人的文章，但從內容和傳播的角度講，這些文章的流行給我們一個啟示：寫作時要考慮這篇文章能否幫助自己的朋友和親人。

回到我們拆解的文章上來。

那些離開體制的人，在外面精采而無奈的世界打拚的時候，一定會經常被別人問起，或者在某個午夜夢迴的時候，問自己的內心：「我會不會後悔離開穩定的體制？」

如果混得好，比如像我這樣，我肯定昂起驕傲的頭顱，望著城市繁華的夜空，很感動地對自己說：我不後悔。而對於那些在體制外混得可能不太好的人來說，也沒有失敗，只是暫時還沒有混出來，對不對？

請記住，我們所有在朋友圈曬的內容、轉發的文章，大部分是希望讓別人看到一個更厲害，哪怕是裝作厲害的自己。你可以好好想想，是不是這樣？有誰會在朋友圈裡承認自己是個失敗者呢？

有人可能會說，不對呀，最近很流行「厭世」文化呀，比如頹廢的氣質、負能量。相信我，那是因為「厭世」文化顯得你和別人與眾不同，才開始被大眾接受並流行起來。那些曬「厭世」的人，其實是在曬自己特立獨行的氣質，本質上還是在裝腔。

所以，當我想明白我寫這篇文章的目的，就是要喚起一部分離開體制的人的情感共鳴，表達沒有進入體制內的人的驕傲，我就確定好了文章的角度。

・・標題定乾坤

接下來要思考：你起的文章標題，能不能打動你自己？

我本來想寫的標題是〈我離開體制後的這三年〉，或者是〈當年離開體制的人，現在都混得怎麼樣了〉。甚至想過一個很浮誇的標題：〈我離開體制後的這三年，我的收入增長了一百倍〉。

你覺得這些標題怎麼樣？還算中規中矩吧，確實能引發好奇，但是，並不具有話題性。

最後我選的是這樣一個標題：〈我身邊離開體制的人，目前沒有一個後悔的〉。

當讀者看到這個標題的時候，心裡會有兩層波瀾。離開體制為什麼不後悔呢？這是第一層：引起好奇。但更多的是第二層波瀾：真的嗎？離開體制沒有後悔的？不一定吧，我不相信。於是他們帶著好奇，帶著懷疑，甚至質問，打開了這篇文章。

我舉一個我看到的兩篇同樣寫體制這個主題，但是明顯在這兩個方面有所欠缺的例子。

第一篇文章的標題是〈沒有辭職的底氣，就別看不上穩定〉。

乍一看，這篇文章好像準備為體制內的生活好好正言一番。但是，有沒有想過你的讀者會有怎樣的感受呢？

讀者要是在體制內很不舒服，但是沒有辭職，一般是沒有勇氣承認的。大部分人很難承認自己是錯的，哪怕他看不上這個體制，也不會承認是自己的問題。而對於已經從體制內成功離開的人來說，在這個題目上根本不能形成有效認同。最後，對在體制內工作感覺很好的讀者來說，他們對辭職這個話題並不會很關心。

這樣分析下來，選擇這樣一個角度，已經「成功」失去了大部分讀者，接下來註定跟爆款文無緣。

如果改成類似〈體制內的不好，多半是你不好罷了〉，最起碼可以成功引起對體制有好感這部分讀者的認同和注意。

第二篇文章的標題是〈體制不是天堂，也不該是墳墓〉。

雖然用天堂和墳墓做對比，但沒有自己明確的立場，角度非常平庸，讀者會下意識地感覺這個作者只不過想充當一個客觀理性的老好人，來給我們灌雞湯。然而這雞湯太普通，並不能給讀者提供不一樣的視角，從而很難引起大家的關注。

還記得前面我們在講故事寫作的時候提過的「種子理論」嗎？就是文章一開始一定要給讀者種下一顆好奇的種子，這顆種子，就是這篇文章在讀者心中的心魔。你還不能很快幫他解開心魔，心魔一旦被解開，文章也就失去了魅力。所以，文章沒有結束，心魔不能解開。

很多人喜歡看美劇。美劇為什麼好看？你有沒有發現在每一集末尾將要發生些什麼的時候，突然就結束了，這時你好奇的種子就被種下了，迫不及待地想要追劇。

什麼是一篇頂級的文章？就是你想一口氣看完，又不忍心一口氣看完。想一口氣看完，是因為實在太精采了，根本停不下來；不忍心看完，是因為一旦看完了，就意味著結束，會留給你巨大的空虛和漫長的等待。

這就像談戀愛一樣。當你骨子裡超級愛一個人的時候，猶如歌詞裡所唱的，恨不得一夜白頭。但同時，你們在一起的時候，又希望時光停止，世界不再轉動。這種超級矛盾又超級合理的情感，就是我們的心魔，我們要善用這個心魔。

・開頭俘獲人心

好，我想好了主題，選好了角度，也選好了標題。其實做好這幾點，在寫文章之前，我基本上就能判斷這篇文章的閱讀量一般不會太差。接下來要做的，就是把文章內容寫好，這就涉及怎麼布局整篇文章的架構。

首先從文章的開頭說起。

對於公眾號文章來說，最困難也最有風險的地方就在於開頭和結尾。開頭寫得不好，讀者就不會往下讀；結尾寫得不好，讀者就不會轉發。反倒是中間部分，寫作時可以稍微輕鬆一些。

二〇一七年有篇熱文〈我是范雨素〉，還記得文章開頭第一句話嗎？

我的生命是一本不忍卒讀的書，命運把我裝訂得極為拙劣。

這句話一出場，相信讀者內心全沸騰了。如此有畫面感的一句表達，讀者的內心戲一定是：她的生命是有多悲慘？命運怎麼捉弄她？再加上巧妙的修辭，我們彷彿能感受到范雨素生命被裝訂的疼痛。這就是好的文章開頭造成的刺激，它會讓我們的眼睛被釘住，迫不及待想要讀下去。

文章的開頭，與標題一樣，一定要吸引人，要在讀者心裡種下種子。具體說就是要達到以下四個效果：

立畫面

道理是沒有畫面感的，但故事有。講故事，立畫面，這也就是為什麼咪蒙寫文章，開頭總喜歡說「我有一個表哥」、「我有一個同學」，或者「我有一個實習生」。

有代入

你的故事所表達的場景一定要是讀者熟悉的場景，這樣讀者才有代入感，才能引起讀者思考。

表情緒

是指你的故事要透過別人或自己的例子，間接或直接地傳遞出一種觀點、立場和情緒。

做鋪陳

埋下疑問、轉折或者懸念，為下一段的開始做好鋪陳。可以看我這篇文章的開頭：

這兩年，我身邊離開體制、放棄鐵飯碗的人愈來愈多了。

樊登有一次講過一個笑話，以前說自己是央視主持人，別人覺得你比較厲害；現在要說是從央視出來的主持人，別人才覺得你厲害。

我一個年齡較大的長輩，在當地做到了文化局局長，後來選擇去一家基金公司當了總經理，負責一個影視專案。好不容易辛苦了大半輩子，坐上了局長的位子，說不要就不要了。

這個世界怎麼了？

到這裡算是文章的第一部分。

開頭第一部分可以是一句話，很震懾，也可以是有吸引力的一段話。我採取的就是第二種。

第一句話我先講一個現象，在讀者腦海中立下一個愈來愈多人離開體制的畫面。接著用了篇幅比較小的兩個事例，一個是前央視主持人樊登，別人的例子，顯得高大上；第二個是身邊朋友的例子，顯得接地氣。提供兩個代入角度，讓讀者進行具體的思考和聯想，同時透過這兩個例子表明「現在身邊愈來愈多的人選擇離開體制」的現象。然後做鋪陳，「這個世界怎麼了？」拋出疑問，引發好奇。

我的這個開頭，也許不算是最好的開頭，但是我至少沒有犯一個技術性錯誤，就是把開頭例子部分寫得太冗長。請大家切記，開頭部分，在亮出觀點前，例子不要過長，一定要讓讀者明白你舉例子的用意。很多人經常犯的一個錯誤就是，一開始就講故事，觀點都沒有亮清楚，就進行各種細節描寫，其實讀者在看的時候內心是很焦急的。

善用萬能框架

寫完開頭，我們就要展開內容了，展開包含兩個方面。一是文章框架，讓內容站起來；二是行文走筆，讓內容活起來。

有些人寫文章沒有列題綱的習慣，常常是想到哪裡就寫到哪裡，自己看完覺得一點邏輯都沒有。剛開始練習，最好是寫個題綱，等熟練之後，打個腹稿，或者畫個心智圖也可以。

推薦一個特別好用的「萬能框架」，你可以現學現用：亮觀點；說現象；做分析；下結論。整個文章的大框架可以這麼用，每個小論點也可以這麼用。

接下來是我的文章的第二部分：

而且，真的，我身邊離開體制的人，並不是因為在體制內混不下去了，反而大多數都是在體制內其實混得已經很不錯了，仕途前途基本一片平坦光明；但是，他們覺得不夠，他們有更大的野心。

比如我家鄉一個朋友，年前從政府大院裡出來，從寧波去了上海，做某大型房產企業的董事長助理。他選擇出來，我們是很意外的，因為他已經混到了在我們看來一個非常不錯的職位和級別，放棄成本確實很大。今年過年的飯局上我問他：「兄弟，你怎麼想的？」

他開玩笑說：「這不是跟隨你的步伐嘛，你是我們的榜樣啊，你還寫了那篇爆款文〈體制內外，甲方乙方〉啊。」

我說別鬧了，你這離開的成本太大了，我如果是你，我估計就不走了。他喝了杯酒，表情嚴肅，長歎口氣：「我知道，不走的話，每天小日子也能過得不錯，也不是很累；但是，我特別想知道自己能力的邊界和極限在哪裡。」「如果我混得好了，我就覺得沒有辜負自己；如果我混得不好，」他停頓了下，「我也就認命了，知道自己沒有想像中那麼厲害，我就能安安心心、踏踏實實地過穩定的日子，從此不再胡思亂想。」

「玩這麼大，你輸得起麼？」我問他。

他笑笑：「賭不起，就不玩了，現在不還沒結婚嘛，輸了也沒啥大不了的，至少我知道我不會餓死。」

很多離開了體制的人，要麼就是有底氣，要麼就是有好心態，要麼就是想得特別明白，人生一場遊戲而已。

所以他們不會後悔。

第二部分到這裡就結束了。現在來拆分一下，我是怎麼把萬能框架中的四個要點融入文章裡的。

亮觀點

而且，真的，我身邊離開體制的人，並不是因為在體制內混不下去了，反而大多數都是在體制內其實混得已經很不錯了，仕途前途基本一片平坦光明；但是，他們覺得不夠，他們有更大的野心。

說現象：讓讀者能夠「入戲」

每說一個論點，都會再描述一些現象來建立認同感，讓人一看就覺得這些事情並不陌生，也真真切切地發生在自己身上。這就是讓你的讀者「入戲」。

這個場景最好是你的讀者也會遇上的狀況，以便讓文章和讀者產生關聯，同時還要包含價值觀衝突，也就是前面說的心魔。

我們看電視、電影的時候會發現，影片裡面的人物總是會有矛盾存在，有矛盾才有故事。矛盾無非是有大有小，有多有少罷了，你好我好大家好的事情大多沒有必要搬上銀幕。寫文章也一樣，有價值觀的衝突才有內心的矛盾和糾結，這時候你寫的文章才會引發思考，才有可能被傳播，才有可能成為爆款。

在這裡我舉的是家鄉一個朋友從政府大院出來的例子。不但用了發生在身邊的一個事件，還用了一段對話的描述，情境渲染得就差不多了。接下來就要展開分析了，不能一味地只說現象。

分析一：對場景中發生的事情進行分析，引出自己的觀點

我列舉上面的場景是為了什麼？為了論證我的觀點：「很多離開了體制的人，要麼就是有底氣，要麼就是有好心態，要麼就是想得特別明白，人生一場遊戲而已。」

我要是很突兀地扔出這樣一個觀點，是沒有辦法讓讀者信服的，也很唐突。沒有事例的說理是胡攪蠻纏，就好比吵架，只說對方有錯，又不說哪裡有錯，雙方僵持不下，都覺得自己委屈，都認為是對方錯了，這樣吵架有什麼道理？

分析二：激發讀者共鳴

要注意的是，分析一定要有鮮明立場和情緒化的表達，比如我寫的：「很多離開了體制的人，要麼就是有底氣，要麼就是有好心態，要麼就是想得特別明白，人生一場遊戲而已。」最後這一句「人生一場遊戲而已」就是金句。將道理講明白之後，用一句話總結。

下結論

我們經過層層分析之後，就要下結論了。最後，再一次明確地表明態度，「所以他們不會後悔。」前面所有的準備都是為結論服務，結論要盡可能精鍊，一針見血，最好用一句經典的話概括。讀者就算忘記了整篇文章，只要記得這一句，就能明白你洋洋灑灑寫了上千字是為了什麼。

不只是文章的結論，每次寫完一個例子，也一定要有總結，最好還是金句，那就更完美了。

第二部分寫完，我已經講了一些人離開體制不後悔的原因。接下來，我需要再舉一個事例來證明嗎？那就顯得有些囉嗦了，而且「不後悔」這個標題本身就有爭議，會讓一部分人覺得不舒服，他們的潛台詞是，難道離開體制的一定好嗎？難道選擇留在體制內的都傻嗎？

直覺和經驗告訴我，既然選取了一個這麼有爭議的話題，就一定要把它圓回來，讓人有一種既出乎意料、又在情理之中的感覺。

於是，我在第三部分是這麼寫的：

當然，我不是鼓吹讓大家都放棄體制，都去市場上競爭。

我身邊有好些公務員朋友，智商情商之高，我知道他們如果離開體制，很有可能混得比現在好，一定是企業高管或者優秀的創業者，至少財務上更自由些。而他們選擇留在了體制內，選擇了一條更保守的職場道路。

你說他們選錯了嗎？也許吧，但是對於未知的選擇，我們永遠無法篤定，而且衡量成功的標準，也不是只有財務收入一條。

胡適說：人的最大痛苦就是自己的能力配不上野心。而高曉松說：人類都是高看自己。

有時候，選擇保守，未必不是睿智的決定。

而且我相信，即使他們在體制內，也有離開體制的能力。

我最受不了的，是很多人又蠢又懶還沒本事，有幸端起了旱澇保收的鐵飯碗，卻天天在抱怨體制不行，說平台配不上他的野心。

相信我，他們吐槽再多，你真要他出來吧，他就不幹了。因為他們對外面的世界遠不夠真正熱愛，對現狀也遠不夠真正厭惡。

這種人，在體制內屬於混不上去，到體制外生存肯定活不過一個月的loser。

讀完後，你是不是覺得我要表達的觀點是這樣的？「真正的人才，其實在體制內和體制外都可以混得很好，而我不喜歡的，我最受不了的，是很多人又蠢又懶還沒本事，有幸端起了旱澇保收的鐵飯碗，卻天天在抱怨體制不行，說平台配不上自己的野心。」

當我拋出這個觀點的時候，我是不是把這個有爭議的話題給圓過來了？而且我所討厭的，是不是也是廣大群眾共同厭惡的？而且，這樣的表達，還使整個文章更加飽滿和立體。

你再看看，進入第三部分，我在行文時的框架仍然大致採用了「亮觀點；說現象；做分析；下結論」的結構。

文章寫到這裡，我把體制內和體制外的情況都講了，也把我的觀點都表達清楚了，這時候是不是差不多要收尾了呢？不不不！

如果你想寫得更好，成為爆款文，你需要昇華主題，達到更高的認知，於是有了第四部分。

進一步說，我覺得體制內和體制外的區別，並不是狹義上的指事業單位或公務員就是體制內，企業單位或自由職業者就是體制外，這種劃分太表面和偏頗了。

我認為體制內和體制外，唯一的區別在於這個平台能否充分釋放你的能力和潛力。

體制外有沒有風險？當然有，市場競爭激不激烈？當然激烈。但是，我相信，這些年的中國，正經歷由網路帶來的新一輪「改革開放」。

必須承認，目前的網路產業，為真正優秀的人才帶來了更有想像力的價值。

傳統的商業，個人的話語權太弱，組織和公司占據了管道和流通資源，所以公司品牌愈來愈強，個人只能更多依賴組織和公司，才能成為既得利益者。

但是網路最強大的地方在於，打破一切中間化，直接放大個人價值。所以，優秀的人更容易抓到網路的紅利，成為這個時代的寵兒。

體制內是薪水增長的線性模式，而體制外是類似股權的指數模式。「體制」這個詞，已經從原來生活的保障成為創新的束縛，穩定的風險其實更大。

當體制外的想像力更大，當留在體制內的成本更高，很多聰明人都會開始用腳投票。

在這一部分，我其實是拔高到一個新的高度，我把體制內和體制外的界限模糊化了，不再從狹隘的角度去定義，而是跳到一個更大的宏觀格局。我認為體制內和體制外唯一的區別在於，這個平台能否充分釋放你的能力和潛力。

這就是拔高認知，能帶給讀者更大的收穫和啟示。

活用行文走筆

剛才講了框架結構，也就是一篇文章的骨骼部分。接下來，我講講血肉部分，也就是一篇文章的行文走筆。

框架是非常容易學習的，但是文字風格就需要經過長時間的打磨了。我認為至少需要從文字密度、情緒化、畫面感這三個方面進行打磨，用心對待從你筆下寫出的每一個字。

文字密度：不要囉嗦，精簡幹練

文字密度要適中，簡單來說就是不要囉嗦，表達克制，列舉事例要適可而止，不要一股腦兒地全部貼上去。就算要寫，也要分散開來，而且事例的並列和遞進要有層次。

也許有人會說：我就是克制不住啊，就是想寫啊，這怎麼辦？那就在初稿的時候全部寫下來，然後再進行刪減。如果無法從一開始就確認該寫什麼，就想到什麼寫什麼，這次沒有用上的事例，說不定下次就可以用上。

畫面感：細節具體，案例鮮活

細節描述一定要具體，只有細節具體了，畫面感才會出來。作家嚴歌苓就是這方面的高手，她的很多作品都被搬上銀幕，像《金陵十三釵》、《陸犯焉識》等。她的作品為什麼這麼受導演歡迎？因為她寫得很有畫面感，她的細節描寫很出色。她在「一席」上有一篇演講叫作《職業寫作》，其中講述了她在國外接受寫作訓練的方法，時間不長，二十分鐘左右，感興趣的讀者不妨去看一看，相信會有所收穫的。

情緒化：觀點一定要愛恨分明

除了畫面感，我們的文字還要情緒化，就是觀點一定要鮮明。你想要讀者產生什麼樣的感覺？是憤怒？還是和解？就要讓讀者能強烈地感知你的情緒，並跟著你的文章發生情緒的變化。

要做到這一點，寫作的時候你必須要有相對應的情緒，這樣你的文字才會帶著這種情緒傳遞給讀者。如果你對一件事毫無熱情，就算寫出來，讀者也感受不到。人心都是敏感的，從心裡而來，也將會走到心裡去。

結尾刺激轉發

很多人寫完「很多聰明人，都會開始用腳投票」後，就覺得這篇文章已經結束，該準備發布了。但是，其實這是不夠的，就好比我們帶球過了半場，來到對方禁區，就缺臨門一腳了。

讀者看到這裡，覺得很有道理，說得沒錯。但是，讀者會因為道理轉發嗎？還是會因為情緒轉發呢？請記住，讀者轉發你的文章的那一刻，是情緒化的，而不是理性的。最後一擊是什麼？於是來到了文章最後的結尾部分，我是這麼寫的：

還記得《刺激1995》裡那句經典台詞嗎？

You know some birds are not meant to be caged, their feathers are just too bright.

有些鳥兒是永遠關不住的，因為它們的每一片羽翼上都沾滿了自由的光輝。

總有些人，他們一輩子註定要活到極限，一輩子都想觸碰自己能力的邊界。

對於他們，生命的每一天都忙碌著為自己活，哪有後悔的時間。

在這個結尾，我要給出讓讀者轉發的理由。

這裡分享一個小技巧，我一般給文章設計的最後一句話，就是讓讀者寫推薦的那句話。這就是用戶思維。你想想，用戶覺得這篇文章寫得很好，忍不住轉發，這時候，他需要一個評論語。他腦子裡印象最深刻的也許就是最後一句話，我剛好給了他，多好呀！

爆款文有一個不成文的原則：結論部分必出金句。沒有金句怎麼辦？建立你的金句庫。你平時看到金句，要留心收著，為後續的寫作做準備。巧婦難為無米之炊，平時都沒有見過金句，寫出金句的難度是很大的。拿一個小本來記錄，或者記在備忘錄上，一句話摘抄一下不費事，卻能在日後發揮巨大的作用。最好的還是自己能夠記住，這樣會更有共鳴。俗話說，好記性不如爛筆頭，日常的積累直接決定日後文章的精采程度。

好，至此文章就已經全部寫好了。

找準發布時間

你以為到這裡就算大功告成，搞定首圖和排版後，點擊文章就可以發布了嗎？

不，你需要盡量為你的這篇美文選擇一個最好的亮相時間，讓它盡可能抓住最好的歷史機遇。

騰訊官方曾公布過公眾號閱讀量出現高峰的時間段：上午七到九點，中午十二點到下午兩點，晚上六到八點，還有晚上十點以後。我的體會是，一天中兩個最熱門的分享時段：上午十到十二點，晚上八到十點。

上午的分享高峰是人們完成上午的工作，在吃午飯前，忙裡偷閒一下，在網上瀏覽一些自己感興趣的內容，並分享給朋友。這個分享高峰使得人們在午飯後能夠查看很多別人分享的資訊，並給予相應的回饋（中午十二點到下午兩點是高回饋率時段）。晚上的分享高峰發生在人們下班回家，吃過晚飯後，在睡覺前的空閒裡上網分享打發時間。不同終端分享回饋的高峰和低谷也各有不同。

一週中分享最熱烈的時間是星期三。

根據文章定位的不同，每天選擇發布的時間也不一樣。比如，如果你的文章的定位是勵志，那麼可以每天早上八點前發布。在晨曦中穿梭於早餐車和公共交通工具之間的白領們，最愛早上就著雞湯給自己打打雞血，然後開始奮鬥的一天。

如果你的文章定位在搞笑幽默，那麼在晚上的七到八點發布也很適合。這是大多數都市人的社交時間，一份有趣的推送可以讓對方在社交間隙瞄一眼手機時來了興致，接著打開，若內容精采，人們很容易就當著所有朋友的面分享這個有趣的資訊，也能為你增加粉絲。

如果你的文章定位在情感，那就晚上十點後發吧。不夜城裡失眠的人們除了疾病或者生理時鐘紊亂，多半因為感情而輾轉反側，你若說中他們的心事，文章就會被他們收藏、分享。

切中目標群體，推送適宜的內容，用戶的閱讀習慣其實是很好培養的，轉發率自然會上來。如果你對此有疑義的話，可以先好好觀察自己的朋友圈，看看朋友圈裡的朋友一般會在什麼時間段轉發什麼樣的文章，以獲得一些結論。

綜前所述，好的文章一氣呵成：標題新穎奪目，抓住人們的獵奇心理，才能獲得高的點擊量；開頭精采，抓住人心，引起關注或共鳴，才會讓人有看下去的欲望；內容主題鮮明，及時切入熱點，有自己的獨特觀點，並以事服人，以理服人，這樣讀者才能感到受益匪淺，沒有白看；結尾更是醍醐灌頂、昇華主題的地方。

對爆款文而言，標題吸引人，開頭抓人，內容服人，結尾有召喚感，每一部分都很重要，缺一不可。

後記

贏得時間，才有可能贏下世界

現在的人到了四十歲之後，找工作就愈來愈難了。在矽谷，甚至有求職者過了四十歲去整容，以顯得年輕點，增加錄用機率。

我身邊三十歲上下的年輕人，也開始出現中年危機。有統計說，職場人工作五年後會迎來離職跳槽的高峰，一小部分人是因為找到了更好的下家，但更多人僅僅是因為不滿意當下的工作待遇或者行業機會。

我一直說年輕人迷茫真的不可怕，劉同老師都說了，誰的青春不迷茫，對吧？年輕人有大把的時間去試錯、去修正。但是，如果人過了三十歲還在迷茫青春，四十歲還在困惑自己是否選錯了行業，就真的恐怖了。

真相還是符合完美的二八法則。少數人年齡愈大，收入愈多，人生愈穩定；而更多的人，年紀大了，困惑和迷茫卻一點兒都沒少。

只不過，他們中的大多數用成熟的心理狀態，壓抑和消化了這些情緒，最終和一個不滿意的自己握手言和。

但其實，我們何必非要走到這一步呢？

我發現那些厲害的人，除了一部分天資極其聰慧，更多的人只是幸福延後、付出前置罷了。

當你和別人一樣時，已經晚了

趁未老，早點投資自己，別輕易失望和絕望。

有些參觀過我的工作室的客人會羨慕團隊的生機勃勃，因為成員普遍都是九〇後。

不僅是我的員工，我發現，現在九〇後的員工，整體都比前幾輩人有活力太多了。他們不但喜歡喝網紅水果茶，喜歡學英語、講段子、看美劇，他們更有超越年齡的拚搏意識。

他們都很相信奮鬥前置的力量——剛踏入職場的黃金幾年，是投資自己的最好時機。

你要找到一個好平台，薪資和能力匹配、福利好、未來發展空間大。你要找到一個好老闆，加班也是為了讓你充電，會買進口藍莓、櫻桃給員工當下午茶的。

所以，如果你所在的公司像我們一樣酷，別浪費日子，埋頭苦幹，趕在別人睡醒前改變這個世界。

如果你不幸落入血汗工廠，頭頂有個無能的大魔王，別絕望，可能恰好有點背，但若你就此沉淪，上班撒尿、加班睡覺，向生活乞討，風水就沒有理由轉回來。狀態不好的時候，走慢一點，恢復體力，但千萬別停。

正因為知道自己走得慢，走得費力，所以才要早點走，一直走。天上有無數隻鳥，人們只記得最笨的那一隻，因為它先飛了；地上有無數隻烏龜，人們只記得最慢的那一隻，因為它贏了兔子。

你看，快和慢，聰明和愚蠢，全是相對概念。當你和別人一樣時，已經晚了。

把時間花在累積專業度上

說完了「奮鬥前置」的定義，那究竟該怎麼做？行動的方向是什麼？在我看來，兩個字：專業。

這不是廢話嗎？可是，天底下廢話都一樣正確，卻沒見幾個真能堅持的。

我的微信通訊錄裡最近多了一位超級紅人：脫不花老師。名字你可能陌生，但職位說出來就「吃鯨」（這是年輕人的流行語，我沒打錯字）了。她是「羅輯思維」的聯合創始人兼執行長。

還有更讓你「吃鯨」的——脫不花老師十七歲時，父母本打算送她出去留學。要知道在二十世紀九〇年代，這種見世面的機會還是相當難得的。但是，脫不花老師想見的世面，不是外國的月亮，偏是腥風血雨的職場。

十九歲就當了董事長，進入了企業顧問界，深耕顧問十幾年，塑造出不可撼動的顧問界地位。嚇不嚇人？夠不夠奮鬥前置？

後來，羅振宇老師十顧茅廬，才請動脫不花老師出任羅輯思維執行長，才有了後來的各種故事，包括二〇一七年花上千萬元投資Papi醬這事。

當外界為這項投資歡呼時，你猜脫不花作為當事人怎麼說？她說：「這是恥辱，說明你沒有把精力放在最該幹的事情上。」

脫不花老師反對盲目跟風，這跟她自己的人生態度也一致。多數跟隨市場大勢、流水線式批量複製，以滿足短期需求的廉價品，一個季度後就會被拋棄遺忘；少數手藝人跟隨內心，幾十年精進獨門手藝，一日驚豔世人。

這其實挺慘的，要跟天性死磕。比如日本的「職人」，剛進門的壽司學徒光煎蛋都要學半年。而某個領域的頂尖高手，都不叫大師，叫「神」。

誰在短期利益前不是個凡夫俗子？這就像演藝圈，為什麼那麼多演員、歌手走紅後，再沒有好作品，天天錄綜藝節目。因為來錢快。他們確實把奮鬥過程前置了，但是時間短到才一嘗專業的甜頭，就砸了飯碗。

這是恥辱。像是健忘的魚群，七秒後失憶，只能淪為潮水的奴隸；持續專業，才能主宰潮水。當別人為風口表象歡呼或哀歎，你要始終關注行業痛點，才能看清是機遇還是該猶豫。熬住時間，守住專業。

我們無比努力，就是為了輸得起

這篇文章的開頭挺「厭世」的。讀到這裡，你可能更「厭世」了。

脫不花老師屬於百分之一的菁英，剩下百分之九十九的人哪能都做到行業頂級？早早奮鬥到底為了什麼？

當然不為大富大貴。

所有成功都是倖存，和奮鬥沒有必然聯繫。當下的成績是狗屎運，說不定下一步就踩到真狗屎。

Fancy是我新媒體公司的第一個員工，我們剛開始工作的時候規模小，就是我負責寫作，她負責商務和其他所有事宜。她不僅是大學裡的學霸，而且十八歲就殺進職場了，在上海和北京的世界五百大公司都工作過。後來我事業做大了，她跟著我來深圳創業。

她說，人生有三大追求一定要拚盡全力：想吵贏的架，想讀完的書，想睡到的人。

當同齡人還在《王者榮耀》上結伴討論遊戲戰技，Fancy已經在與各種紅人和客戶打交道，贏得了對方的尊重，進入了更優質的社交圈。而這一切，只是因為她做好了普通人該有的努力。

奮鬥前置，就是降低你的失敗成本。如果我的公司今天倒閉了，我相信明天就會有人向她伸出橄欖枝；我更相信，這樣的員工，敢於在那一天到來時，與我東山再起。

出色的人，在陌生城市裡，不用過於擔心瘋漲的房租和變態的物價；在未知環境裡，不用過於擔心就業市場是否動盪。就算暫時失業，他們也不愁得不到前輩的舉薦。早日出發奔跑的人，摔倒的樣子都不會太難看。

張愛玲阿姨拋出的那句頗有爭議的「成名要趁早」，我現在開始解讀為——她並不是要我們急功近利，而是告訴我們：

「年齡是我們身後的猛虎，所有人都被年齡追著落荒而逃。贏得了時間，我們才有可能贏下世界。」

Beyond 017

寫作，是最好的自我投資

百萬粉絲公眾號操盤手，首創「注意力寫作」法，
教你寫出高質量文章，讓流量變現金！

作　　者／陳立飛（Spenser）

責任編輯／陳嬿守
主　　編／林孜懃
校對協力／呂佳真
封面設計／陳文德
內頁排版／劉依婷
行銷企劃／盧珮如
出版一部總編輯暨總監／王明雪

發行人／王榮文
出版發行／遠流出版事業股份有限公司
地址／104005台北市中山北路一段11號13樓
電話／(02)2571-0297　傳真／(02)2571-0197　郵撥／0189456-1
著作權顧問／蕭雄淋律師
2019年 2 月 1 日　初版一刷
2024年 6 月 25 日　初版十四刷

定　　價／新台幣360元

ISBN／978-957-32-8435-2
YLib 遠流博識網　http://www.ylib.com　E-mail:ylib@ylib.com
遠流粉絲團　https://www.facebook.com/ylibfans

國家圖書館出版品預行編目(CIP)資料

寫作，是最好的自我投資：百萬粉絲公眾號操盤手，
首創「注意力寫作」法，教你寫出高質量文章，讓
流量變現金！/ 陳立飛（Spenser）著.
-- 初版. -- 臺北市 : 遠流, 2019.02
面； 公分
ISBN 978-957-32-8435-2（平裝）

1.漢語 2.應用文 3.寫作法

802.79 107022499